这个世界，别的夜晚

裴洪正　著

广东旅游出版社
GUANGDONG TRAVEL & TOURISM PRESS
悦读书·悦旅行·悦享人生

中国·广州

图书在版编目（CIP）数据

这个世界，别的夜晚 / 裴洪正著. — 广州：广东旅游出版社，2024.4
ISBN 978-7-5570-3242-5

Ⅰ.①这… Ⅱ.①裴… Ⅲ.①中篇小说—小说集—中国—当代②短篇小说—小说集—中国—当代 Ⅳ.①I247.7

中国国家版本馆CIP数据核字(2024)第047414号

出 版 人：刘志松
责任编辑：廖晓威
平台策划：蒋晓莉
策划编辑：李逸飞 崔云彩 陈一萌
封面设计：CINCEL at 山川制本
责任校对：李瑞苑
责任技编：冼志良

这个世界，别的夜晚
ZHE GE SHIJIE BIE DE YEWAN

广东旅游出版社出版发行
（广东省广州市荔湾区沙面北街 71 号首、二层）
邮编：510130
电话：020–87347732（总编室）020–87348887（销售热线）
投稿邮箱：2026542779 @ qq.com
印刷：北京文昌阁彩色印刷有限责任公司
地址：北京市大兴区芦城工业园创业路 3 号
开本：787 毫米 × 1092 毫米　32 开
字数：131 千字
印张：8.75
版次：2024 年 4 月第 1 版
印次：2024 年 4 月第 1 次
定价：45.00 元

倘若我初始的梦是一束玫瑰。^①

_____

① 引自突尼斯现代诗人艾布·卡西姆·沙比(1909—1934)的《迷路者之歌》。

目 录

溺亡少年往事

一

人们开始叫我傻大个子，是我三年级时的事。

那之前的一场热病，带走了我大部分言说的能力，带来的则是这一副病恹恹的身体与整日流涎的痴呆模样。我的母亲心碎至极，为此大哭一场，呼号中她先骂老天爷，后骂观世音，骂生活的艰辛，也骂刚刚死了的父亲。

我能理解她骂生活的苦难，但不清楚我的病对她而言有什么可骂父亲的。起先父亲的死我以为是个意外，是他喝多了，分不清家里的土炕与后山的铁轨，所以被驶来的火车碾碎了一地。他此前都在这一亩三分地里过活，不曾想死后鲜血却随着火车去了远方。

我的热病之后，父亲过"三七"。祭祀完的当天夜里，我看见父亲孤零零地拿着酒瓶，摇摇晃晃地往后山走去。他刚和母亲争执完，为的是一些生活中不断发生的鸡毛蒜皮的小事，然后从鸡毛蒜皮的小事逐渐扩展到陈芝麻烂谷子的旧事。父亲最终用死结束了这场婚姻，他说："成天你就知道磨叽，你找阎王爷磨叽去吧。"他把母亲按到炕沿儿，抽了她几个嘴巴，然后颓然地出门。他在村头的槐树底下抽完几颗①烟，拿着两瓶白酒便往后山去了。那个时候，我的母亲已经整理好散乱的头发在听天气预报了，而我则在村西的水库那边快活地滑着冰车。

　　我以为是父亲的魂火从山头的墓里回来，为的是向我诉说他死前那日心底出现的悲哀，但他始终没有同我说话，只是把那日发生的争端再一次在我眼前上演，当他被火车轧过去时，我于心不忍，把头别了过去。之后的日子里，我渐渐发觉，好像不是我父亲的鬼魂回来过，而是热病烧穿了我的脑子，给了我可以洞穿时光，追溯近期发生的一些事的本领。

----

① 北方方言，同"支"。文中出现的北方方言，带有个人语言风格的词汇均作保留，对部分词汇已做注释。

起初我有点窃喜，之后才意识到这并非什么幸运的事情，因为我早失去了讲述的能力，只能充当一个历史事件的无声见证人。每当我擦掉口水，试图用我不甚灵活的舌头告知人们一些真相时，我总会如鲠在喉，又或我想写下那些与其相关的文字时，哪怕只言片语，也总觉得身不由己，动弹不得。

短短半年时间，我就窥探到了人世的许多荒唐，他们落井下石、挑拨离间，他们两面三刀、反咬一口，他们贪婪，他们虚伪，他们砸烂，他们捣毁……诸多荒唐之中，我还看见有人偷走我母亲的红色内裤，只为夜晚戴在头上以便安稳入眠。我开始感到惊悚与不安，年幼的我第一次瞧见，原来家长里短的寒暄背后竟隐藏了如此多邪恶怪癖的心，它们像化肥一样堆在我身上，催着我成长，使我饱受折磨。

但不久，更切肤的疼痛就转移开了我对大人世界的注视。因为我发现前面等待着我的，是如今这样一副痴呆模样所引来的永无止境的谩骂和欺辱，最终，让我感到了世间的难挨。有时我在想，为什么偏偏要把一个明净的灵魂硬生生地塞进一个满是禁锢的铁瓶呢？或许比起那流于表层的欺辱，倒不如收下大人们那包藏祸心的温暖。

他们常用怜悯的目光看我，仿佛傻掉的是他们自己家的小孩，每当有不知情的人问起："这孩子怎么回事？"他们会说："当爹的喝大了，在后山叫火车撞死了，小孩发了场热病就变成了这样。难啊！全靠当妈的一个人养活。"接着几个人便开始为着我和我母亲的命运感叹起来，不过到头来他们自会互相安慰，"傻子知道什么？傻子什么也不知道，没那么多操心事，也挺好。"这里面自然有一些真情实意存在，虽然不乏一些明里叫我母亲坚强些，背后却想趁机上了我母亲的人。但不管怎么说，此种感情，总不是像那冬日的冰窖，完全没有温度。

至于真的没有温度、滴水成冰的地方，那就是我一天中绝大部分时间都要待在里面的学校。虽然我那时已见过诸多丑陋，比同龄人更加成熟，但并不意味着我可以逾越身体的限制，以超越的姿态去生活，何况我还附着这么一副痴呆模样呢。

二年级时，学校教师队伍重组，班级也跟着重新分配，本来就不熟的同学这次又增添了许多新的面孔。上半学期，我勉强记住一些名字，尤其是里面几个调皮捣蛋的家伙，但我那时还不清楚，这些名字会在我后半生的梦里反复出现，就像我父亲死时的场景，时时惊醒睡梦中的我。

那个寒假结束的时候，父亲死亡，我陡染怪病，一连串的意外发生，使我母亲苍老了许多。她叫我休学半年，借此养病。也是那半年，我得以用神游的方式探索了村里发生的那些不为人知的故事，预先窥探了世界的幽暗一角。

之后，世界向我扑面而来。

当我母亲用蓝皮硬纸板装订好本子，抱着我的书包遥望夜空时，她为着我的前途——也或许为了她自己的幸福——感到无措了，泪花便泛上眼来，她说："唉，这日子可啥时是个头，"她看向我，忧心地说，"傻孩子。"

我尽力告诉她："我……我……不傻。"

她帮我抹掉淌出来的唾液，把被子给我掖了掖，摩挲摩挲我的脑袋说："是是是，不傻，我儿子大聪明嘞。"但过了一会儿，她又独自叹起气来。

九月一日，我重新回到班级，谈不上什么新鲜，只是希望能再次融入校园。我坐在老位置上，可旁边的同学说，最后一排靠窗的旮旯、那个堆煤的角落才是属于我的位置，我失望地走过去。班上很吵，全在互相倾诉暑期的见闻，但我总感觉有人正暗中观察我，他们像猎人一样把自己隐藏在高声的言语之中。

还没等我收拾完桌子，广播就号召道："各班级注意！各班级注意！全体集合！集合！准备薅草！准备薅草！"

一瞬间，欢呼雀跃声响彻云顶，各班级的学生从狭小的平房涌出，像雨天的水流，疯狂地向西边的操场汇集。

暑假里学校由于无人看管，野草有了舒适的生长环境，加之雨水充沛、阳光充足，黄土操场变成了一片"乱坟岗"。它们长势凶猛，绵延百米，随秋风如麦浪，颇有气势。

各年级负责的区域早已划分完毕，全校六七百个小孩散在草里。校长登上破败掉皮的领操台，说了三十分钟激情昂扬的开学誓词，最后由体育老师一声令下，薅草才终于开始。早已站累的班主任们飞也似地跑去树底，抱着保温杯，三五成群地喝起茶、聊起天来。阳光底下，六七百个小孩齐刷刷地钻进草丛之中，有如最先进的割草机器同时开动，向前推进着，将杂草一寸一寸地连根掀起，大地变得满目荒凉，天空逐渐扬起"尘雾"，小男孩们伏着、跪着向前头击杀，杂草成了他们的劲敌，小女生们则拖着麻袋跟在后面，一边说笑，一边耐心将其拾起。

太阳不断往天心移动，草势渐渐弱了下来，空气里尽是折断的草根的味道，腥秽而苦涩。我突然看见几个影子从我脚下探来，鬼鬼祟祟，我听见有人窃窃私语，似乎在对我议论纷纷。我猛地回头，看见一张格外粗鲁的脸，凶狠、残忍，屠夫一样，我对这脸印象尤深。他向李饷摆头，示意李饷来试探我，李饷出于我生病前还有些力气，颇为忌惮，不敢过来。他见此景，给了李饷一脚，就独自大踏步朝我走来。

我清楚，葛大虎是要报复了。我回头便要走，但他提前一步扣住了我的肩膀。

上学期，葛大虎将一只雏鸟带进班级，为女生表演拔鸟毛的技术，直薅得那鸟鲜血淋漓，惨叫悲鸣，后来他拿剪子剪了鸟的脑袋，捉弄了几个女孩子并把她们吓得哇哇哭后，才连着鸟光秃秃的尸体一同扔到了别班的屋顶上。我扑向他，借着力气将他压倒，觉得即使不出于人道，为着鸟的性命和那些受怕的女孩，我也该教训教训他。放学以后，他在四年级的哥哥葛大龙带着六个人把我拖进苞米地，几个人撂倒我，踢了我二十多分钟，葛大龙说："你以后再敢碰我弟弟，我就弄废你。"我在水边洗去脸上的血和土，回到家我那不久后就死去的父亲给了我一耳光："供你读书不是叫你给老子逞英雄的！"

那是我和葛大虎结下的梁子，他时刻都想把我再踩在脚底，用那种不通过他哥哥的方式叫我认怂，但我休学了，没给他机会，整个下学期我都不在学校。如今再回来，事情发生了诸多变化，我像被这痴病弱身扔上了砧板，变成了待宰的鱼肉。

他满目凶光，喘气时似有嗤笑之声，我感到有一口棺材，即将要把我吞进去活埋。

"转过来，让哥们儿瞧瞧，是不是真傻了？"他讥讽道，侧身歪头将目光打过来，"我听人说你爹死了，被轧得满地？"

我以抗争的姿态叫他滚蛋，希望借此可以唬住他，但他们只看见一个嘴合不拢、脸瘫痪着可笑模样的我。

他毫无预兆地抬起手，给了我一耳光，啪的一声脆响，引来更多围观。我忍着疼痛瞪眼瞅他，他反手又是一巴掌。我没有慷慨就义的从容了，只有一种既被杀又被辱的憋屈和脸上热辣辣的火烧感。

他招呼他的小兄弟们过来看，他们围着我，说说笑笑："你说好好的人，怎么突然傻了呢？"他们给我起新的外号，叫我"傻大个儿"。李饷见状，鼓起勇气，从侧面飞来一脚，将我踹倒在地，大概是为了向葛大虎证明什么。宋老师从远处高声喊道："李饷！你怎么又欺负同学。"李饷马上假惺惺地扶我起来，高声回道："闹着玩呢，老师！"她也没在意，继续喝茶闲聊了。他们包抄过来，组成人墙挡住老师的视线，有个人从背后用麻丝袋子套住我的脑袋，接着有人扒了我的裤子，我又闻到浓郁的草的味道了，在一片空白穿过麻丝袋罅隙的时候。

所有的野草最终被清理干净，露出操场本来的面目，只是留下满目的疮痍，像我接下来的心一样。

老天没有给我预知未来的能力，我只好去历史的烟云里搜寻可以免受皮肉之苦的答案，但我什么也没找到，仅仅得知了我休学的半年间学校发生的几起事件，其一就是葛大龙带着他的兄弟们摆平了六年级的刺头，成了小学当之无愧的扛把子。葛大虎借势成长，愈加肆无忌惮起来，也在班级里组织起了小团伙，那些不愿意跟他混的，他就先孤立，接着三天一吓唬，五天一出手，怕他的、为了不受他欺负的，也渐渐跟他走近了起来，然后在日复一日的耳濡目染下，在跟着欺凌别人的同时心逐渐被反噬了，出过一次手就再也收不住，都找到了欺凌的快感和征服的成就。

短短半年间，我看见发生在我同学身上的这种可怕的暴力同化，它们触目惊心。

李饷说："快看快看，傻大个儿又自己发呆了。"他绕到我背后，胡乱地往我嘴里抹了些掰碎的朝天椒，嫌弃地甩手，"操，整我一手哈喇子。"我被辣得眼泪直流，像只可笑的狗一样在他们面前吐着舌头，大口地喘气，但换来的只有更多的笑声。葛大虎说："没事，傻大个儿，往后的日子长着呢。"

这是我三年级开学的第一天，地狱之门毫无征兆地在我面前打开，无数只手顷刻间将我拉入其中。

痛苦的遭遇持续不断地发生，我承受着来自四面八方的恶意，不知哪一刻会被人从身后踹上一脚；不知多少次被人架着去卡大树，好像每一棵树都在我两腿的淤青上留下过痕迹；也不知是否挨过比这还要多的耳光；更不知谁会突然冲过来攥紧我裤裆里的东西，把我捏倒在地，直到我号啕大哭，疼得满地打滚，他们才肯罢休。

我踩着遍地的荆棘过活，为着我的痛苦给予他们诸多的欢乐，我渐渐明白，或许人世间的邪恶从这个时候便已经埋下了它的种子，继而在以后的日日夜夜里生根发芽。我起先只当是成人世界里有的诸多罪恶，但我现在知道，这些表面纯洁的小小少年生着一颗恐怖而无知的心。

我母亲问我："老师呢？"

我说："老……老师不管。"

她说："我去找学校。"

我说："没，没用。"

的确没用，三年级的小孩恶作剧是什么大事吗？难道要报警？就算报了警，警察会把他们铐起来带走吗？我母亲打算拿出她早年的泼辣劲儿和宋老师来好好理论一番。

但宋老师只是轻描淡写地回答我母亲："我也没长三十只眼睛，没法时刻注意到您家小孩。那调皮捣蛋的，我都批评教育过了，可他们不听，把他们家长叫来吧，他们光着个大膀子就来，来了就一句'老师，您多费心，该打就打、该骂就骂。'说完扭头便走。我是真能打还是真能骂？那皮实的，你越打他他越来劲，你越骂他他越横着来。我倒想把那调皮捣蛋的开了，但这开除的权力它不在我手上呀！您啊，要么去找他们家长理论，要么就给孩子换个学校。"

我母亲去找其中几个孩子的家长，那些好说话的给我母亲道了歉，但家长道歉又不等于孩子就此悔改。剩下的大多逼问我母亲："呦，您怎么不在自己家孩子身上找找过错，我这宝贝儿子可是正常人，会闲着去欺负一个傻子？"

几天下来，我母亲沉默了，灰头土脸地回来了。她看着我，最后跟我说："以后你给我省点心，少给我招惹是非！"

到四年级开学的头天夜里，我母亲又在为我收拾书包，我胆怯地跟她说："妈，我……我想……换个学校。"她以为我又开始说胡话了，我说，"没……没有。"她愤起给了我一个嘴巴："只有学校挑傻子的份，有傻子挑学校的份吗？"

我很难过，一年的时间，连她也相信我是傻子了。你养我不容易，可我活着就当真容易了吗？

那一晚，我有了自杀的念头。

二

这生生不息的野草亘古不变。

稍稍变化的,是这天班里转入了一个新的男生,在我往后相当长的时光里,他成了我人生路上唯一的朋友。他叫王芎纶,生得单薄瘦小,又带几分柔弱模样,唯唯诺诺,不爱抬头看人,穿一身灰布衣裳,细小的破洞中透着里面红色的秋衣。倘若我没生病,我想自己和他是八竿子打不着的两类人。他家在村里租房住,离我家不算远,几百米的距离,过了一片苞米地就是,在一条死胡同的最里面。他父亲是个憨厚的泥瓦匠,农村和城里两头跑,因为这边租房便宜,离城里也不太远,他父亲打算住下,就连着小孩一起从更偏的村子出来了。但他光想着给孩子换个学校,却忘了给宋老师上几个炮钱①,宋老师便把他安排坐在了我前面。

---

① 指给对方送礼。

"王芗纶，看得清吗？"

他回答的声音很细弱，我是在他身后才勉强听清，但宋老师说："看得见就行，坐下吧。"我猜宋老师压根儿什么也没听见，多余一问。

王芗纶从此和我成了前后桌，起初我们不大说话，也实在没什么可说的。他像个书呆子，时时不离他的课本，我知道他在观察新环境，新环境里的葛大虎他们也在观察他，但王芗纶似乎抱有某种信念，他并不打算融入这群打架斗殴、满嘴脏话的小团伙，所以渐渐和我有了话语的交集。

有一天他颇为兴奋地回过头，漆黑的眸子里跳着光芒："大傻个儿，村西那头有水库，你知道的吧？"

我点头。

"放了学咱们去打水漂，怎么样？"

自我父亲死后，我有段时间没去水库了，我告诉他："我不会打水漂。"其实我是没多大力气丢出石头，我不想告诉他，怕他也笑话我。

"没事没事，那你坐在旁边看我打，我打水漂能跳很远，能跳七下的。"他很自豪地笑出来，把三根手指捏在一起，在我眼前晃了晃，像拎着一块了不起的奖牌似的，"七下呀！"

他是真心发出邀请，怀着赤诚。在过去的一年里，我简直要忘掉了世间还有这种性情的存在。那一刻，我心里有一种感激在翻涌着，像是即将坠入悬崖的人忽然被人拽住，顷刻间有了生的渴望。

但放学后葛大虎也行动了，他带着五个人在教室外叫住王芐纶，说要和他谈谈事情。葛大虎比他高了一头，他笑眯眯地把手臂搭在王芐纶的脖子上，说道："没事，新来的，别怕，咱们边走边说。"说完，他夹着王芐纶往操场尽头的厕所走去，王芐纶拼命挣扎，但被葛大虎死死钳住。他们没人搭理我，对他们而言，我已是一个不具威胁和挑战的废物，仅供他们无聊时捉弄。现在有了新的猎物，他们自然会带着挑衅扑上去，拳打脚踢一番，以证明自己的勇力。我本可以就此回家，躲过这场围剿，但王芐纶毕竟为深渊里的我投来一束光，虽然微弱，我也不希望这光熄灭，想到这儿，我悄悄跟着往厕所去了。

厕所里臭气熏人，乌漆墨黑，只有几个小窗口透下一点光来，照亮了滋得满地都是的尿液，金黄的大便倒很安分地躺在水泥坑里，像这秋天收获的硕果一样。这是葛大虎他们常用的战斗地点，也不光他们，这大地上几乎每所学校的厕所都是暴力发生过的地方。

葛大虎并未开口，他用手指做出数钱的动作，希望通过简单的暗示来判断王芗纶是否机灵，以及自己在他心里是否有威严，但王芗纶没做出任何回应。

他只好开口："有钱吗，新来的？"

王芗纶像是纸一样贴在墙壁上，喃喃地说："我没钱。"

葛大虎故意把耳朵凑上去，假装没听见："什么？"其他五个人呲着牙，像是等待主人发话的猎犬，急不可耐地要撕碎眼前这个不懂事的小个子。

"我没钱……我真没钱，你翻。"他把裤兜抽出来。

"今天没钱，那明天呢？"葛大虎立起腰板。

"也没有。"

"后天呢？"

王芗纶还没意识到葛大虎在寻他开心："后天也没有。"

葛大虎点了点头，很是理解地"哦"了一声，他问王芗纶："你听过二踢脚吗，新来的？"

王艻纶点头，不甚理解。

"今儿呀，让你听个够，"他就往后退一步，朝手心啐了一口，刹时抡圆了膀子把耳刮子扇了上去，打得王艻纶一个趔趄，他抵住王艻纶的脖子，想要把他提起，其他人伺机待发，"新来的！再问你一遍，有钱吗？"

"没……我没有。"

又是一记响亮的耳光："有了吗？"

王艻纶脸颊渗出血丝来，他是铁了心了："我没钱，你打我我也没钱……你丫的葛大虎。"

平地惊雷般的这几个字，是葛大虎他们从未听过的刺耳回答，像白水倒进滚油里，瞬间炸了锅，其他五个人不等葛大虎发话，立即扑上去，几双拳脚先后落在王艻纶单薄的身子上，把他踹变了形。王艻纶抱住脑袋，辱骂声此起彼伏。

我知道挨打的滋味，那是我从前无数次经历过的，我怕王艻纶受伤太严重，于是冲过去，他们正打在兴头上，没人注意我，我瞅准空当，咳了一口黄痰，吐到葛大虎脑袋上，葛大虎惊异地回头，我说："跑！跑！"

但这时候我俩谁也没跑出去，我仿佛听见火车从后山那边轰隆隆驶过,一声带着凉气的笛鸣翻过山来,在大地上久久回荡。

等了许久后再到水库时,已是黄昏了。天边的晚霞绮丽非常,金灿灿的,橘红相间,油画一般浇在清澈的水面,溅射出大片大片的余晖,仿佛连水也燃烧了。山头远树,四下里无声,坝上有人经过,在夕阳底下留出一道剪影,鸽群从他们头顶飞过,盘旋即去,片刻便回巢了。

我和王芗纶对着这光景,从肋巴扇儿间的疼痛里感到自然的美。我们抱膝而坐,划拉着石子,我说:"过几个月,天……天就冷了,水库能……能冻住,可以上去,滑……滑冰。"

王芗纶说他不喜欢滑冰,他只喜欢打水漂。他说他们村子也有水库,水库边上的老人曾经告诉他,要是能打到八个水漂就可以梦想成真,王芗纶说那样他母亲就会回来了,他还说打到八个水漂需要力气,需要力气就需要长大,长大了就可以挣钱了,挣了钱就能养家,妈妈也不会走了。他说这话时,是沉寂中蕴含着力量的。我心里默默祝福他。

他把手指扣进衣裳的破洞:"没妈的孩子像根草。"他又说,"谁骂我妈,我就骂他妈。"接着便问我,"大傻个儿,你也少了亲人，是吗？你爸呢？"

我说："叫火车撞死了，在后山埋着。"

他就沉默了。很久的沉默……

"他们打我的时候，你怎么来了？你怎么不回家？"

我摇摇头："不知道。"但我心里其实有很多的话想表达。

"这倒好，本来是一个人挨打，现在成了两个人抗揍，"王芗纶说，"大傻个儿，你真傻，全天下都没有比你傻的了。"

他跳起来去捡石子，我望望远天，看晚霞融汇流动，等他回来时，他对我说："其实我不觉得你傻，从你眼睛里我就看得出来，你才不傻。"

他把石子努力撇出去，看着石子贴着水面飞行。我觉得自己破碎的心被人一块块拾起，粘上。

"我爸爸赚钱不容易，太阳里头来，大风里面去，他之前的钱都拿来给我爷爷治病了，但后来人没治好，钱也没了……

"我得好好学，我和我爸说念好了初中我就去城里找活干，但他不许，他说要读书，一直读到大学才好嘞，别像他一样面朝黄土背朝天地活着。"

他又打了几个水漂，七个或以下。但他并不气馁，他说：
"再长大点就好了。"

太阳下山，天色变暗，我们往家走，王芗纶身后跟着
他家那条可爱的小花狗，到路口时，王芗纶说："今天谢
谢你，大傻个儿。"

三

我俩从此一起上学，一起放学。

天气逐渐转寒。葛大虎还是一毛钱都没从王芗纶身上刮
出来，那些发生在我身上的欺凌慢慢转移到了王芗纶身上，
葛大虎他们发现打一个犟种实在要比打一个傻子有趣得多，
他们将矛头对准王芗纶，也并非是真的想从王芗纶那里要出
点钱来，无非是施展拳脚的借口罢了。那些拳脚在王芗纶身
上蔓延开，旧伤里面不断增添着新伤。每次挨打，他都用书
包死死护住脑袋，为的是不叫脸上留伤，怕他父亲知道了担心。
他像块铁疙瘩，挨打时顶多撬出一句骂娘的话来，没人知道，

他那么瘦小的身体是怎么撑起那股子犟劲儿的。他从不告诉他父亲，他父亲也因为生活的忙碌很少注意儿子。

我见过他父亲，不善言辞的一个人，不很高，但比较敦实，上肢发达，红锈皮肤，像秋后落在树上的枣子，迎着风雨飘摇，说不上贼眉鼠眼，但看人时总是畏畏缩缩，欲言又止，和王芗纶如出一辙，我知道，那纯粹是叫生活磨的，累的。王芗纶告诉我："家里穷，工地又不按时开支，只能逢年过节端午和中秋节的时候，十几个工友一起去堵老板，'求爷爷'也好，以死相逼也好，勉强能要出点钱来。"他家租的房子以前吊死过人，在农村是很不吉利的事，所以价钱便宜些。屋子虽然不大，但该有的都有，只是破旧点，六扇绿漆活页的窗户，每扇各有四个方格，面向院子敞开，窗子底下，有张长条木桌，铺着湛蓝色桌布，边角码着《新华字典》《老人与海》《汤姆·索亚历险记》等等。挨着书放一瓶蓝色钢笔水，还有他的英雄钢笔、水杯等一些物件，那书桌是他家最干净光亮的地方，王芗纶自豪地说，"怎么样？还不赖吧。"他说他以后要先赚钱，然后成为一名作家，"成了作家，我要把这发浑的日子和混账的事通通写下来，把欺负我的人都写进书里。"我问他："先写什么？"他说："就先从这破院子的破茅房写起。"

他说得在理，因为他家是我们村唯一一户还在用水缸拉屎的人家，在院子隐蔽的一角，挖个一米左右深的圆坑，往里扎个水缸，缸口铺两块宽木板，中间留条缝就可以使用了。好在也只有他父子两个，还算耐用，不用经常淘粪。

"要是一家七口，一个水缸就不大够用，"王艿纶说，"只是'弹药'坠下去时容易炸伤自己。"他把边上杵着的木头棒子拿起来，前头绑了个头盔，他接着说："你看，戴头上的东西倒成了舀屎的了，到夏天，你拿它往缸里一舀，准能捞上来一头盔密密麻麻的大白蛆。"他又说，"我以后就把葛大卵子写进这缸里，然后舀屎往他脑袋上浇。"他创造性地给葛大虎起了"葛大卵子"的外号。

此外，院里还有一辆他父亲往返城里和农村的破三轮，"那三轮以前是烧油的，后来为了给爷治病，换成了脚蹬的。"我走上前去看，车斗子里满是灰泥，他父亲谋生的工具堆在一侧，在那几件破铜烂铁上，承载了两条生命全部的重量，也可能是三条，还有那只叫"旺福"的小花狗。王艿纶抱起它，目光很是温柔，"捡来的，那时候不大点，都快饿死了。你看，现在养得多精神，虎头虎脑的。"他说他很少和父亲交流，有心事他就对旺福讲，旺福知道他所有的秘密，小旺福是他的心头肉。

他看看我，对我说："大傻个儿，我现在也愿意和你讲。"

天又寒了几分，班里总算搭起了炉子。卡车将煤卸在校门口，各个班依次出动，将煤袋子拖回来，一个班十几包，堆在班级后面。像座碉堡，我坐在煤堆前，像个孤独的守望者，就差一把枪了。

烧过几茬煤，去除了屋内的湿寒以后，北方苛酷的冬天正式来临了，天开始亮得越来越晚，一切变得越来越幽静。后山的火车驶过时也少了些劲健，多了几丝苍凉，咣当咣当声像是大山哭泣。书上写"冬天是大地的悲歌"，但我想，对于王苈纶和我以及那些遭受欺辱的孩子们来说，大概写得不对，冬天对我们来说是温暖的季节，因为穿得多，挨打不疼。

学校只管发煤，引火需要的苞米瓤和柴叶子要学生自己从家带。像值日一样，大家轮流生火，说是轮流，最后都落到班里最挨欺负的几个人身上。王苈纶是生火的一把好手，干活干净利落，炉子像是愿意听他的指挥，起火迅速，冒烟

24

又很小。我们两个围着炉子暖手，那时候，天仍旧没亮，外面甚至还有星光。他就在这段时间里要么和我说说话，聊聊天，要么就独自看看书本，做做算术题。有时他也朗诵古诗给我听，念到慷慨激昂时，不免要站上煤堆手舞足蹈起来，我看他嘴里哈出的热气，感到那是生命的热情。但天空泛起鱼肚白，校园变得喧嚣热闹时，他的热情反倒消失了，再等到葛大虎他们进了教室，他就彻底变回了原来的模样，低着头坐在自己的位置上不吭声了。

冬天的好处，是所有人都变懒了，有了猫冬的迹象，大家都把手插进口袋，蜷缩起来，能不往外拿就不往外拿。葛大虎他们也不例外，动手打人的次数渐渐少了，但并不是说他们就变得老实，他们的花花肠子海了去了，比如他们把一元的硬币搁在炉子上烤，烤得快火红时再用铲子丢到外面，几个人蹲在一边，假装闲聊说笑，看着别人弯腰将它拾起，腰还没等伸直，针扎样的炽热先从指尖传来，"啊"的一声将硬币丢开。钱没捡到，只换来手指上的两个水泡，他们开怀大笑，欢乐声传进我和王芗纶的耳朵，王芗纶说："葛大卵子他们怎么这么喜欢捉弄别人？"我说："我也不明白。"

我看人们干坏事，大多有干坏事的动机，但我看葛大虎他们的世界，仿佛并不为着什么，以至连袒护他们的理由也盲目，人们说："小孩子恶作剧嘛，不算事的。"

放假之前的时光大概就是如此，每天不太有新鲜的事情发生。教室像一座牢笼，在冬日里黯淡无光，所有人都像鸵鸟一样，把下巴埋进领口，浑身只留眼珠子活动活动，鼻子偶尔出两口气，死气沉沉地、心不在焉地听着老师讲些什么东西。等到放学时，眼睫毛挂了灰，两个鼻孔被熏得黑秋秋的，就连耳蜗子也能搓出黑泥来了。

偶尔下雪，窗外白茫茫一片，松树枝上开满了银花，北风吹过，屋顶的炉烟斜着飘散在空中，王芗纶回过头来跟我说："千山——鸟飞绝，万径——人踪灭。"我就接下去："孤，孤，孤……"他说："孤你个大头鬼，孤舟——蓑笠翁，独钓——寒江雪。"在那个骂人比背诗还要顺溜的时光里，我想王芗纶可真有意思，他念起诗来倒比他骂人自信得多。

有时雪下得极大，铺天盖地，冰凝雪积。到课间，葛大虎就叫人把炉子捅灭，浓烟滚滚，冒得满屋都是，呛得人直流泪，只好全班出去，开窗通风，上课铃一响，老师过来问：

"该谁生炉子了？"

葛大虎就说："是李饷，老师。"他才不会说是王芗纶，他知道王芗纶炉子生得快。

老师和李饷说："等烟儿跑净了，赶紧把炉子生起来。"

李饷说："是。"

葛大虎和李饷说："生慢点，生快了我让你好看。"

李饷说："明白。"

老师说："那先课外活动吧，生好了来叫我上课。"

葛大虎他们就撒了欢地跑去打雪仗，留下李饷一个人吭哧吭哧、笨手笨脚地生炉子。我知道其实老师巴不得有人捅了炉子，省得她也跟着我们在班里挨冻，她回到她有暖气的办公室里坐下来，喝着开水看着报纸，一边笑一边摇头对她的同事讲："这帮孩子，又把炉子捅了，倒也省事。"

四

又经过几场大雪，班里的煤也已见底，总算放了寒假。

那时天地萧索，一片破败，看不见丝毫鲜艳的颜色，什么都是冷的，什么都是暗的，倒有了水墨般肃杀的气氛。

我母亲越来越少和我说话，我三脚踢不出个屁来，而她大概也觉得和我说话我也未必都懂。她继续着在纺织厂的工作，有人给她介绍对象，她都以家里有个傻儿子推掉了，我想我真的变成了累赘，也耽误了我母亲的幸福。

有时，我会穿着棉袄去山里看我父亲，他的坟头凌乱得很，墓碑也平平常常，我站在外面，他变成了灰躺在里面。想起他以前常常把我扛在肩上，带我在风中奔跑，星河里赶路，我就觉得往事再难追寻，对比近两年的变化，我希望躺进去的人是我。我慢慢懂得他的死并非是一瞬间促成的，而是生活的负赘在过去无数的日夜里盘根错节而成，最后在某一瞬间因一棵稻草的触动而訇然崩塌。我印象里他和我母亲就从

28

没平心静气地说过话，总是大吵大闹，摔盘子摔碗的，既然这样当初又何必结婚呢？又何必生下我呢？我想人生在世真是有太多的不如意，小有小的苦，大有大的愁，似乎只有葛大卵子无忧无虑。

寒假里我和王艿纶倒是常见面，虽然北方的冬天不利于活动，但总在家窝着，人难免有腐朽气。他在寒假里恢复了不少气色，脸变得红润多了，一扫在学校挨打时的阴霾。我俩裹着大衣，戴了毡帽，在村里荡来荡去。庄稼地光秃如白纸一张，只有电线杆子长年屹立。他之前虽说不爱滑冰，但大雪封山，水库上冻，也没别的可玩。他找来麻绳，一头系在我的冰车上，一头捆在他的腰上，用瘦弱的身子拉着我在冰面滑行，冰上只我们两个，天宽地阔，当真是"万径人踪灭"。

不上学的日子飞快，转眼就要过年，旧冬里逐渐有了快活洋溢的气息。有天我们去山里看我父亲，王艿纶郑重地对着那个土包说："叔叔你好。"旺福在他身后"汪汪汪"地冲山下喊去，寒风把叫声吹得无影无踪。我俩眺望远山，只觉得天大地大，却好像没有容身之所似的，王艿纶问我："你也时常想你爸爸吗？"我就知道，在没有水漂可以打的日子里，他又想妈妈了。

我们往山下走，王芎纶突然说道："大傻个儿，你说咱们长大也会活得那么难吗？"

在大人们忙活着张罗新年时，他冷不丁地冒出这么一句话来，我很疑惑，询问他："发生什么了吗？"

他说："我爸的工友前两天跳楼死了，从十楼一跃而下。"

穿过田埂过道，路两边的雪已经发黑。"快过年了，可是工钱还是发不出。每个人只发了三千五，说是先把年挺过去，年后再说。"他复述着他父亲的话，"忙碌了一年，拿回三千五，该怎么面对一家上下好几张嘴呢？上午把钱寄走，下午就从工地的楼上跳了下去，事情闹大了，又有几个要跳楼，工钱才给发下来。"

他声音里有了哭腔："我爸打电话时我都听见了，后来又站上楼顶的那些人里就有我爸，他怎么这么傻啊！"我不知该如何安慰他，只能看着忧愁一丝丝渗入他的身体，也许从那时起，他对未来美好的信念就裂了个小口。

"人没事就好。"我说。

我俩都沉默了。后来站在铁轨边，我和王芎纶向远处望去，看着那两条银线接通天的尽头，从天的尽头那边，传来新年的第一声炮响。

五

噩梦一眼望不到头，该欺凌你的人还是一个不少，变化的只有加减乘除法又难了许多。上学、挨打、放学；继续上学、继续挨打、继续放学。每天三点一线，每周五天，每月四周，一学期四个半月，盼暑假，盼寒假，盼解脱。

我们读到五年级，葛大龙升去初一，中学距离小学一公里左右。从我们小学校门口往西南方向，只有一条土道，边上住了几户养鸡的人家，走到底有一片垃圾堆，往右拐，走三五十米就到了中学，这是这边唯一的初中，附近十里八乡的学生也大多来这里念书。葛大龙一走，葛大虎就顶替了他哥的位置，学着他哥的模样招摇过市，在各年级发展"新势力"。他不喜欢的便打，心情不顺他的也要打，常常十几人一起出动。那时也临近我们上初中，所以初中的消息也会经过葛大虎他们的闲聊传进我们的耳朵，消息大同小异，十件事里九件半离不开打架，要么在操场，要么在小树林，有时用棍子，有时也用板砖。听他们描述，我和王芗纶最直观的感受就是那里比起小学来好像更加混乱了，但葛大虎他们讲起来却无限向往。

有段时间葛大虎常带人往来于两校之间，帮他哥壮声势、排异己，我和王芗纶相对过了段太平日子。后来初中发生过几起较大的斗殴事件，葛大龙在混战中表现优异，率先确定了自己在初中的地位，成了初三大哥的得力干将。争端平息以后，锋利的刀尖重新对准到我和王芗纶身上，但比以往来得更加汹涌，暴风骤雨一般，瞬间淹没了王芗纶。

他们拿我作乐并不需要理由，因为欺负傻子在他们看来天经地义，但他们围打王芗纶则是另外一回事了，因为王芗纶从不交所谓的保护费。和起初葛大虎朝王芗纶要钱的性质不同，此时葛大龙他们已经在小学建立起了一周三块钱的保护费制度，由葛大虎帮忙执行。王芗纶像是一根倒刺儿，秉承着绝不交钱的原则，使两头——交钱的学生和收钱的葛大虎他们——都觉得难堪，葛大虎他们于是变本加厉地攻向王芗纶，打算撬开这块儿石头。他所承受的那些拳脚里，不再包有娱乐的成分，他们拿他当肉盾和靶子，当练手的人肉沙包，从起先三五个人到后来十多个人一起围殴他，打他也顺便展示给别人看，切实地告诉别人你的保护费花得不冤，不交钱就会像他一样。他们像动物世界里的一群虎狼撕扯着羚羊，每当他们散去，王芗纶都凄惨地缩在地面，他浑身是土，眼角挂有泪痕，他攥着书包护住脑袋，起来后找个没人的地方，从书包里掏出一套不脏的衣裤换上，像是怕我担心，又像是没了气息。"傻大个儿，我们回家吧。"他说。

"傻大个儿，我们回家吧。"在日复一日梦魇般的境遇里，他变得好像只会说这么一句话，从初一说到十五，从十五说到月末。往前他向我敞着的心扉也因为悲伤慢慢合起来，有时我们坐在水库边，他也一言不发，就干坐着，出神、发呆。水上漂跳了七下他也无动于衷，没跳七下，他也不再有失落，他甩着石片，成了习惯性的动作，不再寄托情感，他心心念念的母亲在他无神的眼里流向远山。他不再朗诵诗歌，不再豪言壮语地说要读好书，说要成为作家。成绩一落千丈后，他父亲责怪他，他把自己锁起来，呆在人类无法进入的虚无之地。我看见他生命的火焰好像在一次又一次的暴力中终被冰冷的拳脚扑灭，在他过去所经历的四百三十余次残酷的校园暴力中，再也无法燃起一丁点的星火。

我在想世上是否真有救世主的存在。如果有，他为什么就不出现在我和王芗纶的世界里呢？家长、老师，为什么不往这边瞥一眼，哪怕一眼都好，到底是谁在逼着我们在黑暗的泥潭里挣扎？真的要一个人去拼三五十人吗？然后招来更深一层的毒打，还是该被逼到绝境后，拿刀扎死一两个，毁了自己，并在早已危如累卵的家庭上再添一笔风霜？我从没问过王芗纶怎么想，但我猜在无数的日日夜夜里他一定也会向人间抛出这掺杂着苦痛的沉重质问，并且久久凝视人间。

春去秋来，在这种质问与凝视中，小学以一个无比荒唐的问号告终。

六

我和王芗纶从没期望升初中可以摆脱被欺凌的命运，总共屁大点的地方，运气好些无非是和葛大虎不在同一个班。八月十九，我和王芗纶去初中校门口看分班告示，回来时两个人都垂头丧气了。

新的班主任姓梁，是个四十多岁的女人，扎一条大黑马尾，像垂了一根鞭子。她按大小个儿给我们分坐，我依然在后面，王芗纶分在中间靠前的位置，葛大虎也在后排，在另一面墙那边，有许多小学时同年级的熟悉面孔，也有许多别的村的生面孔。梁老师与大家简单交流，说了些什么很高兴和大家相识，初中三年大家一起努力之类的样板话后，叮嘱我们准备作业本，然后才发新书，编排值日人员。像轮回一样，又有二年级刚去上学时的感觉，只是没有了憧憬，多了些无奈。

初三的人愿意往初一这边跑，显显威风，偶尔探头探脑地伸进窗户，挨个班瞅一瞅瞧一瞧，看见漂亮的女生就学着电视里的样子吹吹流氓口哨，惹来同行的人一块儿起哄。葛大龙也经常带着一帮混子来找葛大虎，一群人坐在班级前面的桌子上聊天。这时的葛大龙已经快长到一米八，人称"大龙哥"，身高一米五几、六几的初一学生在他眼里不过是一脚就倒的货。

开学的第一个月在无比平静中度过，所有的事情都在磨合，所有的人都在互相打量。两周后，一天早自习，葛大虎拿着镐把，带着初三的几个赖子，风风火火地扫平了初一年级部，他称霸的方式很简单，只需挨个班训话："这个班老子要扛了，不服的，站出来干一架。"他拿着镐把挨个问，也有火气大的站起来，可能是别的村的赖子，还没弄清葛大虎他们的势力，于是葛大虎一群人冲上去，桌椅翻倒声，女生尖叫声，一阵混乱过后，葛大虎他们拎着镐把有说有笑地出来了。那被打的人也绝不甘心，回头就去叫人，找来自己村的朋友和赖子，准备约架。葛大虎就找葛大龙，葛大龙就把初一、初二、初三的所有弟兄聚到一起，一帮人去五金店新买了镐把，在一个刮大风的日子里，和另一拨人在校外茬了起来。

两方不打不相识，那打胜仗的葛大虎也知道了对方有点实力，往后的日子里就井水不犯河水，偶尔还会称兄道弟一番；那打输了的一派，也就默认了葛大虎称霸的事实。葛大虎像当初葛大龙一样，确定了他在初中的地位，每一次大型茬架，反倒使他们的感情变得更加牢固。

成了扛把子以后，保护费就继续收了起来，变成了一周五块，小学那头，由葛大虎以前带的小弟接管。

多数的镐把被他们各自带回家，余下的二十余根被拎到班级来，几个人掀开讲台，将镐把顺着木缝插进去，把讲台当作了他们的武器库。每当梁老师站在上面讲数学，我都不由自主地去想那藏在讲台底下的镐把。后来他们打架就很少在课间进行，要么选在清早天还未亮之时，在教室平房与平房之间的大块空地上，要么就选在放学以后，在回家路上的苞米地旁边。每次茬架，这群人都像打了鸡血一样，嘴里号叫着："干！干！干起来！"接着愤怒地掀开讲台，一人抽一根镐把便冲了出去。

打架并不总会发生，但课间却实实在在的每四十分钟就会有一次，他们还是要靠着捉弄我和王芗纶以及别班的一些弱小者来打发这些无聊时间。他们有千奇百怪的方式捉弄我们，将我们作为一种消遣，去娱乐他们自己。

有时几个人会抓牢我的四肢，将一双手从额前箍住我的脑袋，双臂发力，用掌心挤压我的太阳穴，我拼命挣扎，却被死死按住，直到我翻白眼，开始抽搐，他们才罢休。

他们逮着王艻纶，抓着他的手往女孩屁股、胸脯上乱摸，要么是把女生放倒，将王艻纶扣上去，然后从后面推搡着王艻纶的屁股，模拟那些抽插的动作。他们什么都干得出，王艻纶破口大骂，从他们的祖宗十八代骂到他们的儿子孙子没屁眼，但那时葛大虎他们已经全然不在意，任由王艻纶敞开了骂，性的躁动被他们以这种方式宣泄出来，获得一种看电影般的满足。有人去摸王艻纶的裤裆，像探到了宝："虎哥、虎哥，这小子底下硬邦邦的。"他们于是笑得更加轻松，仿佛犯下过错的是王艻纶而不是他们。女孩被羞得无地自容，豆大的眼泪直往耳根子上淌。他们盯着王艻纶的裤裆，嘲弄地问他有没有射。王艻纶为自己的勃起感到从未有过的恶心，他厌烦自己，后来他问我："傻大个儿，我是不是变坏了？是不是变得和他们一个德行了？"王艻纶跟着女生一同哭起来，这个挨打向来不吭一声的人，在这种变态的欺辱下被突破了防线。"呦呦、呦，还哭了？是不是爽着你的小老二了？"他们这么问，王艻纶就哭得更大声了。

我想并非所有的残暴都体现在肉体的受损上，更可怕的还有他们对别人心灵的蹂躏以及他们自己在罪恶中获得快乐的模样。

我们再一起回家时，他就不叫旺福从身后跟着他了，而是他抱着旺福走，我知道那是受伤的表现，就像女孩子抱着布娃娃一样。在水库边上，他也常常抱着旺福，用脸颊蹭它，他既不说"你先回家吧傻大个儿"，也不说"再陪我待一会吧傻大个儿"。他就每天抱着他的旺福像失了魂似的，连他回家也一样，把旺福搁在膝盖上，写好了作业就去睡觉。他桌角的小说，他再也不翻了。他父亲问他："和新同学处得怎么样？"

他说："不怎么样。"

他父亲说："你呀！就是老爱蔫儿着，你得和同学好好处关系。你也知道，爸供你读书不容易，可你看看你，成天总是和一个傻子在一起，要么就抱着你的狗，你……"他就不再听，翻个身假装睡着了。但他实际流了眼泪，眼泪浸湿枕巾，我都知道。

葛大虎的父亲来学校，一起来的还有十多位别的家长，起因是葛大龙他们把一学生打了，轻微脑震荡。教导处把家长叫来，一群人聚在校门口，后来讨论的结果是私了，一人赔了一千多。挨打学生的家长拿着一万多块钱笑呵呵地离开后，葛大龙父亲叫来葛大龙，一脚把他踹到两米开外："龟儿子，老子几天麻将钱叫你祸害没了。"他指着葛大龙，"你再敢惹事，你看我不卸了你的腿。"说完，他父亲气急败坏地离开了。葛大虎过去问："没事吧，哥？"葛大龙摸着他弟的脑袋："没事。"其实他们那次只是吓唬了那个学生，给了他几脚，碰都没碰他的头。他回家告了家长，他妈这才托人从医院里开了个轻微脑震荡的条子，一来想吓唬住这帮小子，二来趁此敲上一笔。等那个学生回来，葛大龙他们就把他拖出去打了一顿，然后葛大虎又带人把他拖出去打了一顿。这回有没有脑震荡没人知道，但这回没有家长再来。

几个家庭的经济都有些损失，于是收保护费的进度就暂时性地紧了起来。他们知道王芗纶那里要不出来钱，就先略过了他，给了王芗纶和我喘口气的时间。

七

王芗纶涅槃重生，要从下学期新老师调来我们班级教授语文课说起。正是早春季节时，嫩绿新吐，给世间添上些新鲜的颜色，一场细雨滋润万物，也一样润湿了王芗纶早已干枯破裂的心。新老师刚从师范院校毕业，留着乌黑飒爽的短发，眉清目秀，穿着一身爽利的牛仔显得朝气蓬勃，她热情洋溢地介绍自己："我姓栾，大家叫我栾老师就好，你们语文老师家里出了点事，由我来给大家带一段时间的课程。"

我们每天盼望着上语文课，同梁老师数学课的枯涩无味和吴老师英语课的死气沉沉相比，栾老师的课总是生动有趣，充满活力和激情。看得出来，她热爱讲台，热爱知识，她给我们讲神话传说，讲历史故事，讲农村外面的大千世界。偶尔还会念我们的作文，带我们朗诵诗歌，她把希望带进教室——

"假如生活欺骗了你，

　　不要悲伤，不要心急！

　　忧郁的日子里需要镇静：

　　相信吧，快乐的日子将会来临！

　　心儿永远向往着未来；

　　现在却常是忧郁。

　　一切都是瞬息，一切都将会过去；

　　而那过去了的，就会成为亲切的怀恋。"①

　　相信吧！快乐的日子将会来临，她慢慢唤起王艻纶眼里的光，唤起他对生活的热爱，对诗的向往。她给他过去四年中早已被折磨不堪的身体注入新的活力，他开心地告诉我："傻大个儿，你知道吗？我真喜欢栾老师，她不一样，什么都不一样。"

　　水库上绿波荡漾开来，那个飞出石子的男孩再一次拾起他的雄心。

---

① 普希金的诗歌《假如生活欺骗了你》。

栾老师把相当多的精力放在葛大虎他们身上，她相信人性本该都是向善的，只是有人暂时迷失方向，少了成长路上该有的指导才误入歧途。她自觉做起海上的灯塔，希望帮助那些迷失的船只返航。她多多提问葛大虎他们，认真批改修订他们的作业，和他们沟通，交流，她说："老师相信你们会慢慢绽放自己的。"她总是这样信心满满，带着执拗的天真与赤子般的热情，王艿纶懂得她内心的渴望，因为那份渴望也是王艿纶的希望。

葛大虎他们表面应承着栾老师，听她的话，偶尔也在课上插科打诨，但背地里依然干着他们该干的勾当，深积已久的恶习，又怎么会通过三言两语就轻易消除？他们三五一伙讨论着栾老师内裤的颜色，幻想着如何玷污栾老师，我和王艿纶知道他们的嘴脸，打心里为栾老师觉得难过。

王艿纶心里恨："我好怕葛大虎他们伤了栾老师的心，叫她对咱们失望，以后再也不管咱们。"

这种患得患失使他无暇顾及自己，慢慢催生出一种想替栾老师打抱不平的心态来。有一天王艿纶蹲在家里的水缸上拉屎，他突然有了点子，仔细思考之后觉得可以付诸行动。

他把他的馊主意讲给我："要不要和我一起去，傻大个儿？"

我说："好。"

夜深以后，大门外传来两声哨音，我鸟悄儿①地披上衣服，在我母亲的鼾声中蹑手蹑脚地开门而出。夜静风凉，天空坠着几颗孤星，"月黑风高夜，偷鸡摸狗时"——我想。

王芗纶从墙角现身，他拎着塑料桶和他家的掏屎棍子，压低了声音，像机密行动那样："走——"

我俩往葛大虎家挺进，夜里沉寂非常，只有两个人的赶路声和呼吸声，但身后却像有人跟着似的。

"到那边先找个茅厕，把桶装满。"他说。

一路无言，走了四十多分钟，穿小道过大梁，来到葛大虎家门前。

"我都踩过点了，你过来，"他把我带到不远处的柴堆那里，"万一惊动他们，跑出来追咱俩的话，你就躲在这里，我负责把他们引开。"

他又说："不过应该没事，谁大半夜的耳朵还那么灵。"

---

① "悄悄"。

他拎着桶去事先找好的地儿打屎去，我蹲在葛大虎家的墙外树根子底下。王苎纶回来时带着一股子粪便的臭味，桶里被他装得满满当当，有液体晃动的啪啦声，看不清细节，但光闻着味也能想象个大概，差点我就要呕出来了，王苎纶说："我已经呕过了。"

我心想，真是敌损一千，自损八百的招。他翻身上墙，骑在墙头，小声招呼我把舀屎棍子递给他，他今晚要把屎倒满葛大卵子家的院子。

我从塑料桶里舀了一头盔，屏气递给王苎纶，他从上面接住，扭身将杆子伸进院内，一气呵成，但即将倒屎时，他犹豫了，像是呆在了墙上。

我心里一紧，寻思不会是暴露了吧。

他把杆子拽回来，里面的屎纹丝未动，一滴没少。他从墙头跳下，拎着物件招呼我走，我迅速跟上他，两个人融进夜色里。

他把屎倒进庄稼地头，桶也扔了，他说他最后一刻动摇了，他看见栾老师正在望着他，他说这么做太小人，和葛大卵子他们没什么两样。叫栾老师知道才是真的伤了她的心，就算栾老师不知道，这不光彩的事也会压在他心里面。

"回去吧，就当今晚做梦了。"他说，身上还带着淡淡的屎的味道。

往回走时，我们又唠起了栾老师，他说："要是人人都像栾老师那样就好了。"

我在黑夜中点头。

"那样的话，就算欺凌还是无法去除，但总觉得还有光存在，在无数寒冷的夜里握紧你的手，告诉你别放弃。"

我想栾老师大概就是救世主，我开始相信，一切都将会过去，快乐的日子将会来临！

我看见王苤纶家里的书又被他捧着读起来了，他把自己从锁紧的虚无里解放，背靠深渊而面向光明。

八

但……那是王苤纶生命时光里最后的几次读书了。

悲剧和死亡将要到来之时，很少有人能注意到它，因为那往往是由被欺凌生活中的一个简单变体所引发，人们只能事后从某个细微之处揭开死神的全貌。

"浇屎事件"后的第三天，葛大虎发明了新的乐子，在我和王艿纶出去课间活动时，他们倒掉了我的冰红茶，几个人把提前存在瓶里的尿兑了进去。

他们不怀好意地看我，忍着坏笑，他们总是挂着那副笑容：我都习惯了。当我拧开瓶盖，一口喝下饮料时，一股腥臊味猛地冲乱了我，进鼻腔、灌入胃，瞬间搅动起所有知觉，不受控制地一口全呕了出来，连着眼泪一起，王艿纶赶忙问："怎么了？怎么了大傻个儿？"

我指着瓶子，说不出话，感觉胃缩成一团，他们忍不住笑："还能怎么着？喝尿了呗。"

死亡就是在这时候送来了它的引线。王艿纶不再沉默，他抓起瓶子，像那年为了那只鸟而拼命的我，猛扑向葛大虎，他抓住他胳膊，在葛大虎还没反应过来的时候，把余下的尿全淋在了葛大虎头上，所有的笑声骤然停止。

他反抗了，带着生命的尊严和对栾老师的某种感情，或是为了我，或是为了不再面对永无止境的深渊巨浪。

葛大虎推开王芟纶，跑去水房，其余人也匆忙跟了过去。

栾老师被葛大虎气得火冒三丈，她只觉得自己一直以来的教诲仿佛全白费了，倾注身心的关爱也成了枉然。她大骂葛大虎，同时也因恨铁不成钢，眼里滚烫的泪水簌簌直下。

"有你这么欺负人的吗？教你们读书，时刻惦记着你们几个，怕把你们落下，想着自己身为老师，要对得起老师两个字。一我不是你爸妈，二我不是你班主任，对你们，我还不够负责吗？还不够用心吗？你葛大虎是白眼狼？还是心是石头做的？好话不听？油盐不进？正经事你干过一件吗？打架斗殴、欺辱同学哪次没有你！以后呢？以后你怎么办？吃喝嫖赌，坑蒙拐骗，是吗？变成社会的毒瘤？是不是！"

她逼问葛大虎，葛大虎站在讲桌前，任栾老师数落他。栾老师气消些后，开始不停叹气，只是眼泪往回收了收，她这次的的确确受挫了。

"葛大虎，我明话跟你说，我知道你爸妈离异，我也知道你爸好赌，我还知道你爸从来就不管你哥俩，可你就这么自己放弃自己了是吗？你要学你哥的模样，你是放弃自己还是傻？"她接着说，"但把你送进学校来，做了我的学生，我就得对你负责，虽然我不是你班主任，但我也不能看着你就这么堕落下去。"

她越说越激动，本来稍稍平息的身体又颤抖起来，她拉起葛大虎的手，语重心长地劝他："你答应老师，说你再也不欺负同学了。你答应老师，你就把老师当你的干妈，你爸不关心你，老师关心你，你爸不在意你，可老师真的在乎你，行吗？别再欺负同学了，答应老师，好不好？"她情真意切，似乎想用温柔唤起葛大虎心里的良知，但我只觉得栾老师是一时被爱心冲昏了头脑，或是一种蛰伏在她身体之中的母性突然泛滥了。葛大虎小声说："我再也不欺负同学了。"

"大点声，当着全班的面说。"

"我再也不欺负同学了！"

"你保证！"

"我保证！"

下课时，王芎纶颓丧地坐在位置上，他不能理解地问我："傻大个儿，怎么作恶的葛大虎反而得到了栾老师的关爱呢？为什么啊？"

"是啊，为什么啊？"我也在心里这么问自己。

那天放学，他们掀起讲台，抽出几根镐把，堵住我和王艻纶。

"要不告诉栾老师吧？"我们坐在水库边擦着伤口时我说道。

"然后呢？"

"然后……"

是啊，然后呢？栾老师不是救世主，她改变不了什么。

王艻纶说："告诉她，只会让她更加难过，更加失望。"

但是几天以后，梁老师替我们告诉了栾老师——以另外一种方式。

那时学校早已传得沸沸扬扬，人人都知道栾老师认了初一的混子当干儿子。有一天放学，梁老师叫住了栾老师，说想和她一起走，她们推着车子从车棚出来，两人并肩而行，栾老师问她："梁老师，您找我有事吧？"

梁老师笑笑："小栾，我也不和你兜圈子了，你认干儿子的事大家都知道了。"

栾老师刚想解释，怕她这个班主任误会什么。

梁老师只是摆摆手说："你这是何必呢？费力不讨好的。"

"我……我就是看不惯他们胡闹。把尿给人喝，我听都没听过。"

"谁看得惯呢？都看不惯。只是小学送上来的学苗就这样，一个个逞凶斗狠，加上处在青春期，一个比一个躁，你把他们惹急了，他们连着老师都一块打。"

"连着老师一块儿打？"栾老师不敢相信。

"小栾，你刚毕业，还带着读书气。你在大城市念的书，但这边有许多事是需要你重新适应的，要了解的，不是光凭一腔热血就能施展拳脚，快刀斩乱麻的。

"再说，这地儿也不是你施展拳脚的地方。家长呢，想法其实不多，无非是把孩子送来这儿，叫他们识识字，长长身板，别做了文盲就行。毕业了该下地种田的回家种田，该去干苦力的就去干苦力。家长都不操心，你操哪门子心呢？"

栾老师愣住了，她实在想不到这话出自另一位老师之口，这话和她一直以来所坚持的启智明德差着十万八千里。

"我……我为着自己的良心，为着'教师'这两个字。"

"良心？栾老师，良心又不当饭吃。"梁老师并未生气，她问，"市里有两所数得上的高中，你知道吧？"

"知道。"

"进了那高中呢，就算半条腿迈进了大学了，咱们学校，去年中考，二百九十一人，最后你说考上几个？七个！栾老师，良心？良心就是教好你的课，保证这七个能考上，就算造化了。

"你看咱学校的老师，谁家的孩子搁这儿念书呢？还不是都送到城里的一中、五中、新四中去了。那学校是师资好，校规也严，可送进去的学苗也好呀，中考上线率自然也高，环境在那儿搁着呢，都是城里人家的小孩，虽然也有小打小闹，但你看哪儿像咱这儿这么拉帮结派。都知道有好学校，可你农村户口又进不去，想进也行，把孩子迁到城里亲戚家名下，花点钱也能送进去，可有那钱的，早把自家孩子送进去了，谁把孩子搁这儿受罪呢？孩子又没得选。"这几句话把栾老师堵得哑口无言，但她又觉这不该是老师们不作为的理由。

"这是鸟不拉屎的地方，别看离城里就二十多公里，照样是冬天拉屎冻掉半拉屁股的地方。

"泡网吧、打群架、看黄片、收保护费，没他们干不出来的。现在都算收着点了，前年，就咱学校，初二一伙学生打架，硬是拿刀切了对方两根手指。栾老师，你敢信？电视台都不敢播，要是有得选，哪个老师不想桃李满天下？要问我，我倒想问问那些小学老师和家长都是干什么吃的，怎么每一届送上来的学生都是这副德行。"

栾老师把车停下，她看着梁老师，仍然在力争："既然学苗这个样子，那不正是体现咱们教师责任的时候吗？"

梁老师又笑了："小栾啊，我在这儿教书有些年头了，不好管自然有不好管的道理，各方面因素都有，你也不能光认为就是咱老师的责任，你说他们打架了。你口头教育，他听得进去吗？听得进去他早就不打架了，刺儿头年年有，这是校风的问题，一届带坏一届。你解决不了，那报警吧，出个警得从三十公里外过来，过来一看，都是未成年，也没办法，还是批评教育叫家长为主。家长来了倒是满口答应，管管管，无非是扇自己家孩子几个巴掌，这还算好的。再拿学校来说，都说打架就开除，不就好管了？可九年义务教育，还真不能随便开除学生，话说回来，开除到底是威慑谁呢？那群小崽子巴不得学校给他们开了，正好不用上学了。别看家长平时事事不上心，你当真要开除，他就来学校闹你了，拉个大白布就在学校门口坐着，你今儿开了这个，明儿那个又闹事了，你开还是不开？你今儿开一个明儿开一个，有家长一张纸条给你捅上去，你咋办？"

这一堆话，再一次把栾老师问住了。

"栾老师，这校园暴力呢，不是单靠老师就能解决的，要是那么好解决，栾老师，那岂不是早就解决了？"

她们走到分叉路口，梁老师把掏心窝子的话对栾老师说了："小栾，你文凭还不算低。我说话直，你也别在意，我问你，比起在城里教书，你是当真愿意在这穷乡僻壤的地儿付出你的青春吗？"

这个刚毕业的年轻人觉得束手无策了，她说不出当真，也说不出不当真。

"小栾，你人有干劲儿，又有热情，真不该来我们这儿的。这儿只会消磨了你的时间和精力，每日纠缠在教书以外的破事乱事上。你现在也许觉得还好，可是三五年以后呢？三五年以后，你面对的还是一样的学生，一样的家长，那时你还有激情吗？还会热爱吗？你不结婚生子什么的吗？不靠工资吃饭养家吗？

"我是过来人，你听我的，现在呢，城里边其实三中还不错的，价钱也便宜些，家里花个十五六万，再找找关系，总归是能把你塞进去的，可别在这儿待着，耗费了你的青春。"说完，梁老师就骑车走了。留下栾老师在路口久久伫立。

九

引线在悄无声息间烧到眼前，在一个夏日傍晚，天空飘着流云的时候。

我和王艿纶做好值日回家，但在夕阳底下没有看见旺福。起初我们并未在意，仍是往家的方向走，走到垃圾堆时，在拐角路口那边，我和王艿纶看见一伙人站在墙下，葛大虎走过来，一手拎着旺福，一手拿着弹簧刀。

"王艿纶，来，你看这是什么？"他提起旺福。旺福在他手里显得弱小、可怜，正瞪着水汪汪的眼睛，呜呜地叫着。

夕阳血红，照在葛大虎脸上，透着一股子暴虐和冰冷。

王艿纶顿时冲过去，却轻易地被其他几个人放倒，他们跪在他身上，将他死死压住，王艿纶只能破口大骂："葛大虎，我废了你，废了你！你把旺福放了。"他脖子上的青筋因愤怒而跳动着，所有的力气都化作声嘶力竭地吼喊从嗓子喷涌而出。

葛大虎蹲在他面前，拿弹簧刀吓唬着王芗纶："你今儿听话，我就把你家狗放了，你要再敢动弹，我就豁了这狗，拿家去和我哥炖肉吃。"

王芗纶不敢挣扎，他紧绷的身体刚一放弃抵抗，豆大的眼泪就开始止不住地往下流，掺着黄土，糊满他的脸颊，他泪眼婆娑地看着旺福，旺福也在求救一样地看着他。葛大虎叫他们把王芗纶拽起来，和我推到一起，他自己则待在原地，按住旺福，将弹簧刀抵在狗爪子上。

"你俩不是感情很好吗？这样，你扇他三十个耳光，我就把你的狗给你放了。反正他是傻子，不记事，你放开了打。"

王芗纶对这样的要求难以置信，他不敢相信自己的耳朵，便下意识地扫了我一眼，又立马将目光移开了。

"下不去手，是吗？没事，我下得去。"他说着把刀向后拉，刀刃慢慢嵌进旺福的肉里，瞬间有鲜血流出来。旺福呲着牙，因疼痛变得狰狞，它疯狂嚎叫着，惨绝凄厉之声如千万根针深深刺着我和王芗纶的心。

"你扇不扇？"他又将刀尖对准了旺福的脖子。

"我数三下，数到三你要是不扇，我就扎进去，叫你永远都看不见你的狗。"

"一——"他数起来，如催命的鬼一般。

王芗纶拼命摇头，他不断地向后退，直被恶魔逼至墙角，缩作一团。"不，不！"他哭着向葛大虎求饶，汹涌的泪水在他满是黄泥的脸上，冲刷出两道清澈的河流来。

"二——"

我把目光送向王芗纶，告诉他——没事，我不介意。我把头稍微放低些，往他身边凑了凑，希望他别那么内疚。我知道他和旺福的感情，旺福是他从小养起来的，是陪他一同长大的伙伴，是他无数的日夜里相依为命的精神支柱，我想告诉他，我不怪他。可是我也不争气地哭起来，那泪水就像滚烫的熔岩，将我痴呆流涎的脸烫得生疼。

葛大虎要发出"三"的声音时，王芗纶终于一耳光结结实实地打在了我脸上。

他全身都在剧烈地颤动。他不敢抬头看我，只是不停地念着"对不起"，浑浊的眼泪从他眼眶里面涌出来，刷刷地掉落在地，他边哭边说："对不起，傻大个儿，对不起，真的对不起。"他只能不停地道歉。

"接着扇，你丫的使点劲儿。"葛大虎再次用刀尖顶了下旺福的脖子。

王芗纶这时已把脚下的土地哭湿了，他哭出了大海翻涌、海岸震颤的声音，绝望、悲惨，一直哭到干呕起来。

他们替王芗纶数着，将威风与快乐统统融进计数之中。

"四——"

"七——"

王芗纶的眼神变得空洞了，麻木了，他如机器一般僵硬地挥动着手臂，每挥动一下，他的热望就减小一分。

"九——"

"十二——"

时间好像从盘古开天处流过来，疼痛比以往任何一次都来得强烈，不论是对我，还是对他……

"十五——"

"十七——"

"二十一——"

"二十二——"

"二十四——"

"二十六——"

"二十七——"

"二十八——"

"二十九——"

"三十——"

我被一下又一下的耳光扇到发昏，出现幻觉，感到天地旋转了，我看见他们狰狞地笑、扭曲、放大、又缩小，我看见有人身上流脓、有人脑骨碎裂、有人肚肠淌了一地，红的、白的、黄的、绿的、青的、紫的，腥的、膻的、臭的、腐烂的、长毛的、发霉的，我看见苍蝇、蚊子、蛇蝎、老鼠、蛆，大白蛆、大尾巴蛆、粪坑里的蛆、肉里的蛆、酱坛里的蛆、无花果里的蛆，我听见哭声、啜泣声、恸哭、悲嚎、嗓子喑哑的声音。

我看见葛大虎将刀扎进旺福的脑壳，它嗥叫一声，开始抽搐。接着又一刀，然后又一刀。

他们松开王艻纶，他已无法站立，如同无骨的肉一般瘫倒在地，他眼里的光彻彻底底消失了。葛大虎抓起旺福的尸体，轻松地往前一抛，丢在王芎纶身前。他们谈笑着离开时，旺福还在有一下没一下地抽动着，黏稠的血浆流得到处都是。

王芎纶爬向旺福，他伸出手又缩回来，缩回来又伸出去，他大放悲声，天地为之动容。"旺福死了。"他说，"旺福死了。"他重复。

他抱起他的旺福，鲜血将旺福的毛发浸湿，王芎纶像鬼魂一样走远。

他往家走，又好像没了家。在村口那棵槐树边上，王芎纶怔怔地用手挖了个坟墓，把旺福埋了进去。

他接过我手里的书包，朝我看了他人生的最后一眼，里面杂糅了愧疚、哀痛、悲惨、失望、无奈、辛酸，他往家走去了。

那时天已经黑了下来，只有一点暗蓝的光从穹宇射下，后山安静，没有一点儿声响。

第二天早上有人从坝上经过时，看见水心深处，溺死了一个少年。

他们捞起王芎纶，把他放在水库边上，就是他最爱打石子的地方。

那天的天空冷峭坚硬，宽阔的水面上还闪着银光。他父亲闻讯赶来，头重脚轻，一阵微风轻而易举地带倒了他。有人架住他，他发出驴子一样的嘶鸣，看看这个，望望那个，所有人都在躲避他的目光，他不敢看他的儿子，不忍看他的儿子。"儿，纶儿，纶儿，爸来了，快醒醒，爸来了，"他拍着王苪纶早已冰冷的脸，"醒醒，咱们回家，回家吃饭，别吓爸，昂，别吓爸。"他发出撕心裂肺的吼喊，一声又一声，直到树木战栗，群鸟逃离。

他们给王苪纶换衣服，脱光他时，人们才看见王苪纶身上青一片紫一片触目惊心的伤痕，新的、旧的、结痂的、没结的，他父亲无法相信："咋了嘛这是？这是咋的了嘛！"他一口气没喘上来，直挺挺地往前栽了下去。

我坐在槐树底下，已经再也哭不出来，觉得世间所有的颜色都消失不见，只留下燃烧完飘浮在空中的灰烬。我唯一的好朋友死了，他还说要当作家呢！还说要好好读书赚钱呢！还说要等到那石子在水里跳八下等他妈妈回来呢！他还……可他现在人都没了。这全成了我一个人的记忆，世间没留下他一丁点存在的痕迹。我母亲走过来，很感慨地说："我孩子傻点儿是傻点儿，好在不会做傻事。"

我以渴求的目光看向她，希望能从她眼里得到某些人生的回答，但是只有空洞和侥幸。

我又请了病假，没去上学，我每天缩在炕头，饿了就像狗一样舔几口粥，舔完了就接着回炕头躺着。我什么都不去想，就看着眼前的白墙，我试着把那墙壁看倒，可它纹丝不动。

我凝视墙壁，过去的时间从墙里渗出，我看见王艿纶那晚回家，他父亲问他："怎么回来这么晚，身上的血怎么回事？"

他求救一般扑向他父亲的怀抱，他泣不成声："旺……旺福被人杀死了，爸，旺福……旺福被人杀了。"他头一次向他父亲敞开心扉，希望他父亲以一种强有力的方式进入他的世界，帮他支撑住即将倒塌的穹顶。他已经无依无靠，他的精神早已溃败，他只是在靠着零零碎碎的支援在苦撑着，有来自旺福的，但旺福死了；有栾老师的，但栾老师把关怀给了葛大虎；有我的，但他满怀愧疚地打了他的好朋友。他即将倒下，他希望得到他父亲的帮助，叫他别再往下坠了。

但他父亲却麻木得更早，他只是回答王艿纶："反正旺福是捡来的，你好好学习，赶明儿爸再给你买一只更漂亮的。我还怕它耽误你学习呢。"他充满着自以为是的关爱，一把把他的儿子推进深渊。他替王芗纶擦去脸上的眼泪，叫他把衣服脱下来去院子洗一洗，转身便做饭去了。

更晚些时候，他父亲已经睡着。王芗纶独自坐在桌前，他把小说统统装进书包，没再看他父亲一眼，关灯出门了。

明月当空，暑热消退，树木幽摇，他穿过苞米地，电塔如深夜巨兽般矗立。他来到我家门前，把书包扔到大门栋上，慢慢地向水库走去了。

那晚白月光像水银般倾泻，拉着银丝坠进水中，像童话里的优美景色。

他徘徊路边，寻找那些片状的石子。他捡来一大把，装满了衣服和裤子的兜，回到我俩经常聊天的地方，他看着银湖，弓下身子，捏住石子，发力，脱手，飞出，冲着水里的月亮击去，那石子碰着水，叮、叮、叮、叮、叮、叮、咚——跳了七下，沉入水里，经过的七个点依次荡起涟漪，光影交错，层层扩散开来。他不停地飞着石子，不停地，直到石子越来越少，直到最后一个不剩。

他往坝上走去，我像触电一般从炕上坐起。他看向皎洁的月光和浮动的夜云，呼吸着静谧的空气，我找来椅子费力地爬上门楼。他环顾四周，转身背对水面，隐幽地听到火车从远方驶来，我找到他歪斜地躺着的书包，倒出里面的东西，发现一张纸条。他向后倒，慢镜头一般坠入水面，像石子一样沉没，忽然有小虫鸣叫，但顷刻间被火车声吞没，我打开纸条，那纸条上写着："若要忍受这样的人生，又不曾给我一颗残酷的心，何必把我带到人间呢？"

我看着他留下来的小说，这是他唯一留给我的东西。我也在问自己，若是要面对这样一种扭曲而变形的人生，还何必来人间走一遭呢？

尾声

再后来，我们的语文老师回来上课，栾老师去了别的班带过一段时间，然后辞职了。

随着一场中考的结束，所有的事态在慌乱中紧急告终。

正像梁老师跟栾老师讲的那样，这群十五六岁的孩子们各奔东西。

葛大虎开始了他坑蒙拐骗的生活，李饷则跟着他父亲回家种起苞米来，文中我未曾提过姓名的许多人——周兴在一次斗殴中被人杀害，鲁阳跟着施工队拧起了钢筋，冯顺儿在村子送起了啤酒，吴明霞做了卖淫女……于是在十八岁还没到来前，每个人的人生便匆匆开始，但从某方面来说，好像这些人都成了被时代远远抛弃的人。我有时也在想，吴明霞那么聪明的一个女孩儿，本该有着很好的人生的，可是最后怎么去卖淫了呢？这一段十几年的荒谬旅途中，到底是谁该为谁负责呢？还是如梁老师说的——"孩子又没得选"。

我不知道。

王芎纶死以后，我可以窥探过去的能力慢慢消失了，而那些压抑在我心里的事与数年来伴随我成长的如同深海般的黑暗已可以诉诸笔端，我讲给人们听，但他们只是说："傻子的话，谁会相信呢？"

疯掉的塔达与失落的废墟

雨已经连续下了四天，丝毫没有停止的迹象。这期间，窗外什么都看不清，雨下得太大，还有一层灰蒙蒙的雾气，谁也不敢出门，只好看着咆哮的河流在暴雨击打中冒着沸水般的泡沫。有人想起老人说的止雨的办法，就将炒菜用的勺子丢出门外，但到天黑时，雨还是没停，潮湿的阴云依旧糊在天顶，像一张盖住死人的油腻腻的灰布遮住每一个活人的脸。

　　到了第五天，上午十点多，雨总算停了。阴云还没散去前，那些泡得鼓胀胀的白漆木窗就被迫不及待地推开，湿润的空气大步跨进飘散着霉味的幽暗房间，将连日来的浊气一扫而光。整个下午，积水都在慢慢退去。到了夜间，才露出一整片泛着光的被洗刷了的土地。

第六天，天空终于放晴了，还有一丝小风。人们纷纷迈出家门，晾晒被褥，接着聚在许久未见的阳光底下，交谈起近几日的大雨来。

这时，有人从远处喊道："塔达不见了！"

"什么？"

"我说——塔达不见了！"

"哪个不见了？"

"全不见了！"

人们纷纷绕过巷尾那棵笔挺的芙蓉树，十几双脚"啪嗒""啪嗒"踩过泥水，迅速来到塔达家门前。他们隔着因年久而倾斜的墙壁无声地向内张望，似乎想重现昨日之景，但目光所及处，处处都已比此前的景况更加凌乱和衰败了。院子当中，那些曾堆积如山的废纸箱由于没有及时遮盖，在四天的暴雨冲击下全泡成了浑浊的棕色纸浆，如同洪水过后遗留的黄泥厚厚地糊在地砖上。大量拾来的锅碗瓢盆被雨水冲走，虾兵蟹将般躲进墙角茂盛的杂草丛中，只有一只巨大的铁桶，锈迹斑斑，无畏风暴，仍仰天咆哮着，里头灌满了赤红的肮脏雨水。铁桶周围，片片黑色、蓝色、绿色的垃圾袋已被扯碎，好似损坏的旌旗，湿漉漉地粘在溅满泥点的草茎上。窗户在摇摇摆摆，不甘心地旋转着合页，发出"嘎吱"的无力号角，而窗框内，已经连一块儿最小的玻璃都找不到了，仅剩几面薄薄的塑料布，简陋而无力地搭在窗台，一半没了影踪，一半落进只有一盏电灯的白房子中。

没人知道发生了什么。塔塔不见了，达达也消失了。人们好奇地交头接耳起来，不过一声微弱的咳嗽从院子西侧那张布满青苔的沙发后传出，打断了人们的闲言碎语。有人跑过去，惊讶地发现塔达的母亲此刻就漂浮在那片呕吐物一样的纸浆上，她穿着赭黄上衣，面如死灰，形如枯木。

她浑身都已湿透，像是这些天从未在雨中离开过一样。人们说，她像个被海浪卷走又被海浪重新冲回岸边的女人，身上还缠绕着被雨水打落下来的枯枝败叶。在她铅灰色的头发里，不时钻出几条同她一样干瘪的蠕虫来，看见人们议论纷纷，又匆匆钻了回去。人们以为她快死了，因为她僵直着身子，像溺水者那样，眼神空洞地望着头顶的天空。

人们紧忙捞起她，一刻不敢停留，调头就往医生家里跑，十几双脚又"啪嗒""啪嗒"踩过泥水，如同一辆开在水上的列车出了巷口，沿着路旁一眼望不到头的青色玉米地驶来。

当时我正站在诊所外的台阶上，准备替我母亲取一些草药回去，他们从我旁边一闪而过，猛地撞开医生家院子的门，涌了进去。

"大夫！大夫！"他们扯着嗓子喊道。

大夫正跪在水井边的苇席上，伏着身子，晾晒药材。眼瞧着一帮人连招呼都没打就气势汹汹地闯入家门，他惊异中的第一反应还以为是来了什么恶霸土匪，便下意识地抬起手臂，做出保护自己的动作。但当他看见为首的男人焦急的神色以及他怀里抱着的那个女人时，他马上冷静下来了，迅速地起身迎上去，让人们赶紧把塔达的母亲放进杏树下的那间窄屋子中，并且叫妻子过来，帮忙给塔达的母亲擦擦身子。她实在太脏了，像泥潭中的一把烂草。

大夫一边接诊号脉，一边询问人们发生了什么事情，但没人能说得清，只是隔着纱窗回应道："塔达不知道跑哪儿去了，我们在院子里找到她的。"

"院子里？"大夫问道。

"她家的院子，她昏倒在了自家的院子里。"

71

大夫不得不再次试着和塔达的母亲交流，但是白费功夫，她什么也答不上来，甚至有点像她的两个儿子那样疯癫了。她不再直挺挺地绷着身子，而是缩作一团，牙齿止不住地打战。

我看着塔达的母亲躺在医生白色的病床上，她仿佛越来越小，不知道为什么，她似乎透过人群在看我，然后"呜呜"地哭起来，就像火车头"呜呜"地响。

医生顾不得和人们讲话，人们也不敢高声交谈。我们看着医生忙进忙出，听着窄屋对面药房门帘上的珠子一刻不停地撞击着，直到太阳如一块儿铜钱被拖到天心时，光从孔眼儿里笔直射下，将杏树的影子缩得短短的，人们才有些不耐烦了。

"她有些发烧，"医生说着，找来一条轻薄的被单轻轻盖在塔达母亲身上，"还是让她单独休息会儿吧。"

听见医生这么讲，人们终于散了，我也跟着回家，手里拎着大夫刚刚给抓的草药。一路上，人们没有说话，各走各的，但又好像每个人都在琢磨着什么。我们沿着玉米地一直走，风把玉米叶吹得"哗啦哗啦"响，如同前几天的下雨声一样。

"我们应该找一下塔达。"在我们前面一直闷头走的谷山突然停下来说。他是我们镇上一户卖货人家的儿子，刚刚三十出头，长得魁梧健壮，上衣还粘着许多湿漉漉的纸浆，胳膊上也有，正是他抱着塔达的母亲来找医生的。

"要是不找一找，这俩人可能就饿死了，也说不准又做出什么伤人的事来。"他说。

风仍在搅动着叶子，没有人回应他，当他们面面相觑时，谷山就已经知道了答案。在镇子里，人们不喜欢塔达。没人喜欢塔达，甚至像是躲避瘟神一样躲避他们。母亲就常常对我讲："你要离塔达远一点，尽量绕路回家，不要经过他们房前，更不要在他们房前逗留，免得他们伤到你。"她说这话时眼睛总是不由自主地看向屋子里那扇早已被木板封死多年的窗户，它正对着马路，有一天她在家午睡，塔塔毫无征兆地扔进来一块儿砖头，将玻璃砸得粉碎。砖头就掉落在我母亲的荞麦枕头上，不差毫厘地贴在她的耳边，她被吓得失声，当天下午就抱着一堆木板死死地钉住了木窗。

"死了最好，这样镇子才安宁，省得总担心这担心那。"说话的人将芒草缠在指头上。

"而且也不见得就是死了，过两天说不定就回来了。有啥找的？哪有那个精力和闲心？再说了，找回来给人们添乱吗？"另一人也流露出不愿为此事操一点儿心的淡漠神情。

谷山瞟了眼其他人，其他人同样默不作声，谷山只能一个人继续在前面闷头走起来，步子迈得比之前还大。我跟在他身后，看着他靴子"啪嗒""啪嗒"地响，后脚跟上的泥甩得满胭窝都是。我想，或许人们跟着谷山救起塔达的母亲，仅仅是因为见到生命垂危的一刻内心自然而然产生的同情，也或许是五天来阴郁沉闷的日子，让他们不得不找点新鲜的事情做。但一码归一码，塔达的消失可不是坏事。现在人们冷静下来，要他们去把这两个好不容易消失的疯子找回来，没人愿意干。

谷山越走越快，渐渐和众人拉开距离。远处，已能隐隐约约望见那棵歪斜的芙蓉树了。

"我可以跟你去找他们。"我两步并作一步，跑到谷山旁边，那时候，我仍觉得塔达的母亲在透过人群看我，她在"呜呜"地哭泣，就像火车头一样"呜呜"地响。

"你不行，你还太小。"谷山拒绝道。

"那你自己的话，打算怎么找？"

"先去附近转转看吧，看看能不能找得到，兴许是在雨里走丢了。"

"为什么？"

"什么为什么？"

"为什么你要找塔达？压根没人在意他俩。"我问道。

谷山说，在医生家的院子里站着时，他看见杏树上有个鸟巢，老鸟正叼着虫子往回飞。

我听不懂谷山在讲些什么，更不知道塔达与鸟有什么联系。我只是又想起母亲的话——"你要离塔达远一点，免得他们伤到你。"我想我的确帮不了谷山什么忙，于是也沉默下来。

暑天的燥热烤得人喘不过气来，我拎着草药，不断地左手换右手。归来的人群渐渐变得零散，有人跑去玉米地撒尿，有人遇见熟人就立即躲进阴凉底下交谈起刚刚发生的事，只剩我和谷山一前一后默默地走着。我们两家相隔不算太远。

后来我们从另一条路绕到塔达家的院子前，我们在那儿逗留了一会儿，院子满是破败的杂物，可又比以往显得空荡，我看见那些没有玻璃的窗框仍在绕着合页"嘎吱"旋转，纸浆上还留着人们几小时前踩出来的脚印。

"下了这么久的雨，找大夫看病的人很多吧？"母亲从门口接过草药时问我，"不然怎么回来得这么晚。"

"塔达不知道哪儿去了，"我说着换下脏兮兮的鞋子，"谷山说可能在雨里走丢了。他们跑过去时，你没听见？"我以为她知道的。

我母亲一脸错愕地摇摇头："出什么事了吗？"

我跟她讲起上午的一连串事情："没人知道怎么了，反正他们是在院子里把她救出来的，跟个泥人一样，浑身全是纸浆。"

"大夫怎么说的？"我母亲问。

"说她发烧，让她休息。不过情况不太好，我看她有点糊里糊涂的了，一直在屋里说胡话。"

我母亲听后，就像人们看见一艘沉船最终消失在海平面时那样，怅然地叹了口气。

"先吃午饭吧。"她再没有言语，而是望着那扇早已被封得死死的木窗久久地出神。

塔达最终也没有被找到。

多年以后，同样是一个暴雨结束的季节，我又回到镇子来。那时塔达的家已经成了一座废墟，湮灭在坍塌的腐朽石柱与灰色的石墙里了，那些片瓦交织而成的幽不见光的缝隙深处，水流曲折蜿蜒如同一条小蛇穿过伤痕累累的泥地，最终爬向那棵早已死去的歪斜芙蓉树。当你望着这个记忆中的建筑好像昨天仍完好而今天就碎裂成了一堆与世界上其他任何地方都毫无二致的残垣时，正如我母亲当初望着那扇被木板钉得死死的窗子一样，只会觉得喉头干涌，周遭寂静，仿佛一只脚踏进了荒凉月球背面的那种孤独。

谷山这时已经六十多了，他弓着脊背，两鬓斑白，迈着不再发出任何细微声响的脚步，好像他松弛皮肤上升腾而起的颗颗暗斑正在将他拽往天空。他慢慢向我走来，从他人生的中途慢慢往回走。

"雨连续下了一个月。某天夜里，我刚躺下，突然听见'轰隆'的一声闷响，跟人死前咽气时的那种声音差不多，从气管冒出来，说了几句沮丧的话，就撒手人寰了。我听得出那不是雷声。我想，塔达家的房子这次肯定是没了。

"这房子已经很多年没人进去过,成了无主之地,里面生了许多鸟雀,叽叽喳喳地在房梁飞来飞去,它们把窝搭在吊灯上,一有风来,就随着摇摆。后来时间久了,地也跟着裂开,长出许多郁郁青青的小树,沿着墙壁生长,一直伸到窗外,像个藏在石匣子里的花园似的。"

我们随后在不远处找到张石桌,上面落了些干枯的野果。我们坐下,依然可以看见塔达荡然无存的家和视野尽头正极速坠向群山的黄昏。

谷山的目光还和小时候我见到的一样明亮,但声音里多了些人年过半百时的舒缓与节制。他坐着不动,双手挂在膝盖上,凝视前方,宛如一尊略带青铜色的古老雕像。谷山问我如今在做着什么,我说东奔西走,偶尔写些小说,他就点点头。我们看见一些鸟停留于此,落在废墟上跳来跳去,像在寻找什么。谷山说:"房子塌了,恐怕塔达再也找不回来了。"

我听见他声音里有一种徒劳般的叹息。他垂下头,显得很懊丧:"隔三岔五我就出门去看看,这么多年也一点一点找过许多地方,总觉得吧,他们就在某棵树下、某块石头后面、某个桥洞的深处……他俩靠在一起，成了一对儿石狮子。我总想找到他们，把他们带回来。"

谷山缄默很久，像是陷入对往事的回忆："你知道，塔达的母亲……"他把手指交叉在一起，紧紧握住，"也疯了。"

我点点头，一时间感到精神的崩溃远比死亡沉重得多。我又想起塔达的母亲躺在医生白色的病床上，她透过人群看我，接着"呜呜"地哭起来，像火车头"呜呜"地响。我说："是啊，我知道……"

三天后，塔达的母亲就从医生家那间杏树底下的窄屋子里偷偷跑了。她回到家，简单地收拾一下院子，将盆盆罐罐摆整齐，又在那张长满霉斑的沙发上晒干了塑料布，重新罩住空荡荡的窗子，然后拎着个竹编的菜篮，裹了件出殡样的黑大褂，重新出现在了我们的视线中。

那时她还没全疯，但也仅仅是那几天。

"她精神不稳定，说着说着话就要讲一些莫名其妙的东西，不过烧是退了。"我又到医生家取药时，医生跟我说，"天还没亮她就跑了，我起来后，发现房门敞着，大门的门闩也被拉开了。"

他把草药递给我，转身关上药匣，绕过柜子，走到玻璃窗前，目光越过青砖大院，看向对面那间摇曳着斑驳树影但早已空空无人的窄屋子。

"她回家了？"

"回了，"我告诉医生，"昨天傍晚，我们还在巷子里看见她了，挎着个竹筐，拾了一堆破烂回来，里头装得满满当当。"

从巷口过来那会儿，人们停下闲聊，一声不响地观望着她，人人都在好奇她在那个暴雨之夜遭遇了什么。她在大家沉默地注视下自顾自地走，耷拉着脑袋，不看任何人，脸全埋在衣领和散乱的灰白头发里，只有脖颈那块硬邦邦的骨头支得老高。

"她走到巷尾，"我接着说，"就在她家附近的芙蓉树下号啕大哭起来，扶着树干，后来又跪在树前了。"我当时感觉那哭声像是大漠里刮来的风，夹着沙尘，漫无边际地袭来，在每个人脸迅速掠过，刻下痛苦的痕迹。她跪在那儿抽噎，继而呻吟，最后隐于暗中。

"她哭了能有二十多分钟。"我们就在远处手足无措地听了二十多分钟，后来有人跟着哀叹起来，接着两个人，三个人，最后所有人都叹气了，像是共同遭遇了一场灾难，"大家挺同情她的，被她哭得心里都不好受。"

"但以前我就没怎么看见大家对她这样。"我是说真的，她平常很少引起人们的注意，总像个幽灵似的往来于世间最隐秘的角落，带着她两个已三十多的儿子艰难地生活。人们讨论她，仅仅因为她是两个疯子的母亲，同时也是一个没了丈夫的寡妇。这时我看见谷山说的杏树上的鸟巢了，它在树杈间搭得很结实，在枝叶的缝隙里正迎接落日的光芒。

医生背对着我，他有一部分影子被斜斜地照在墙上。听我说完，他合上窗，我跟着他走出药房，我们停在水井边，那里放着医生的藤椅，还有一把掉在地上的蒲扇。

"她什么都没跟你说吗，大夫？"我在医生家待得有点久，我想多打探点儿消息，或许可以帮上谷山，"关于塔达……"

医生捡起蒲扇，掸掸土，又丢到藤椅上，听见"塔达"两字，他惆怅的目光又看向窄屋子，那里墨绿色的门已经掉漆了。

"她没和我讲关于塔达的事。到第二天晚上，她烧才退下去，我叫妻子熬了些粥给她，她跟我说，'谢谢你啊，大夫。'她虚弱得很，满脸倦容，眼睛也有些水肿。她靠在墙上，蜷起膝盖来，捧着碗，喝了几口粥之后，嘴唇才稍稍能张大一点。我坐在她身边，听见她很小声地说，'又给您添麻烦了，大夫。'我叫她安心养病，不要着急，"医生说，"她缓了好一会儿，才有力气观望起屋子来，先透过纱窗向外看了看。"医生说着回头瞧了眼我们刚刚走出来的药房。

"然后她又看看四周的环境，看看那些闲置下来的家具，电焊的水盆架，以及上面搭着的白毛巾，最后她看着我，眼圈泛红，忽然就哭了。眼泪淌出来，顺着她消瘦的脸往下掉，掉到干巴巴的手背上，又被她迅速抹掉，但那些眼泪不停地掉，止又止不住，她不得不将碗放到一边，双手抱着手肘，埋头大哭起来。"

"她怎么了，大夫？"我好奇地问道。

医生长叹了一口气，低着头轻缓地说："她在这儿，想起从前的事了。"

大概在十年前，我刚刚搬到这个镇子里，那会儿门前的玉米地还不像如今这么宽广，东边有几家筛粮食的作坊和米店，一到秋天，就能听见机器的皮带飞速运转的声音。前面的田埂里常常有人钻进钻出，蹬着黄胶鞋，戴着白手套，裹得严丝合缝，偶尔来这儿讨碗水喝，我坐在井边给他们盛水，听他们唠着镇子里发生的大大小小的琐事。秋收完后，有些人就留给我几袋玉米，和我说："大夫，你家的水井是个好东西。"等农车把庄稼都拉走，再出门看的时候，外面就显得萧索和冷清了，只剩下大片被刨出来的带土的秸秆留在黄土地上，有时被路过的淘气小孩举起来当战锤打闹。

杏树下的这间窄屋子，就是我刚来镇子的那个秋天开始盖的，当时赶上农忙，工人都回家收拾庄稼了，到了秋后才重新动工。这屋子本来也是用作接诊和看病的，没什么复杂的地方，两周多便盖好了，在还没请师傅刷石灰和安装玻璃之前，这间半成品的屋子就不幸地接到了它的第一个病人。他是塔达的父亲。他死掉了。

他是在暮色降临时被人抬过来的。一个女人最先冲进院子，她焦急万分地和我说："大夫，快！快救救人！"随后有人抬着木板进来，上面躺着个痛苦不堪的男人，五官因痉挛而扭曲，在一阵剧烈的挣扎过后，捂着肚子早已哼不出声来。塔达的母亲紧紧攥着他的一只手，边哭边不停地安慰他，"没事，没事，到医生家了。"她跑得太急，跑丢了自己的一只鞋子。塔达当时站在男人身体的另一侧，他俩双眼惊恐，额头上冒着热气，身上的长衫也被汗水完全浸透。塔塔喘着粗气说："大夫，您快救救我爸。"他说着往后退，好给我腾出检查的位置，他不知该帮些什么忙，只能急迫地站在我身后等待。我看着男人惨绿的脸，以及粘在头发上的仍未消化的呕吐物时，一股呛人的酒气在院子里弥散开，如同酒坛破裂。恍惚间，我看见了死神正躺在他身上喝酒。

我想救他，真的，然而一切都太迟了，根本无力挽回。他们刚把他放进那间屋子，连托着他脊背的手还没从他身下抽出来，他就已经断气了。

我甚至没来得及和他说一句话，甚至不清楚他临死前是否有看到过我。他平静地躺在那间毛坯一样的窄屋子里，在那张刚刚置办的病床上，歪着脑袋，一只手仍捂着肚子，另一只手被攥在还没反应过来的塔达的母亲手里。四周的水泥灰沉、压抑，如同古老的坟茔张开它吞噬时间的巨口，他们站在坟茔的边缘，绷着即将夺眶而出的眼泪，满眼乞求地拼命拽我，好像拽住我，就能拽住逝去的生命。塔塔已经喊不出话来，他抱着父亲慢慢变冷的尸体，只剩下绝望的痛苦呻吟，好像一把刀在他的心里剜来剜去。

　　我同样说不出话来。死亡震慑住了在场的每一个人，只有几片叶子，伴随着塔达一家丧钟般的哀鸣从树梢缓缓掉落。塔塔的妻子用手捂着胸口，她头发散乱，面色惨白，发着抖，眼里水汪汪的，显然惊吓过度，她既不敢看塔塔，更不敢看已经没了气息的男人，她只能望向我，可我除了无能为力地摇头外，给不了她太多安慰。她颤颤巍巍走上去，恸哭着跪在床前，像个犯了过错的人。而就在她跪下去的一瞬间，塔塔从尸体上抬起头，发了疯一般将他妻子扑倒，抡起拳头便往女人头上砸，女人发出惊恐的尖叫，我和达达见状冲上去，费了好大的力气才把塔塔拉开，我们摔到另一侧，撞翻了盆架，水洒了一身。塔塔的妻子挨了几记重拳，眼眶被砸出血来，她蜷缩在病床的木脚边上，嘴里一直求饶般念着："我没有，我没有。"塔塔摔倒后，瘫软在地，心中的绞痛让他睁不开眼，灰白的嘴唇不断颤抖，他咬紧牙齿，吭吭的哭声和飞沫从他的齿缝喷出，他抽泣着，鼻涕灌进气管，他像个呛水的人猛烈咳嗽起来。他被弟弟拉到身前，躺在弟弟怀里，兄弟俩抱着，放声痛哭，哭声越过了父亲的尸体，越过了窗台，在渐渐无光的大地上越过了打闹的孩子，越过了成千上万的等待被大雪覆盖的枯黄秸秆。塔塔的妻子忍痛爬起来，她艰难地撑着上身，坐在原地，失魂落魄地抹着带血的眼泪，她胆怯地小声啜泣，生怕被塔塔听见。

最终只有塔达的母亲从失去至亲的惨痛中回过神，她像个茫茫雪地上形单影只的疲惫旅人，强忍着心中苦楚从天寒地冻的绝境尽头回来。她求院子里的几个好心人再帮帮忙，帮忙把他男人拉回家。他们于是又从病床上将他抱下来，如同抱着一件世界上最安静又最严肃的物体，男人的手臂垂落，无力地垂在身体两侧，像黑色时钟的金色摆锤，循环往复地摇摆在浓烈的酒气之中。她忍不住再次哭起来。

我跟着他们出去，在院门时，她只轻轻地和我说："给您添麻烦了，大夫。"他们将尸体拉走，塔塔和达达一左一右搀着他们的母亲，塔塔的妻子则木然地跟在最后，披散着她的长发。秋夜的寒光在万籁俱寂中洒满大地，天空此时掠过几只归家的闪着银翅的飞鸟，"吱吱喳喳"唱起死亡的挽歌。

我转身准备回屋，却看见刚刚最先冲进院子的女人正独自倚在树下哭泣。她摔伤了膝盖，鲜血从裤子里渗出来，以至于没能和塔达他们一起回去。

我找来碘酒和纱布，替她包扎伤口。她告诉我说："是个意外。下午四点那会儿，塔塔的妻子准备了瓶敌百虫，本来是想清一下老鼠的，结果走到仓房时，来了个电话，她就顺手把药放在了外面的窗台上，一个人进屋了。"

她说着又忍不住落下眼泪，声音一度哽咽："然后塔达的父亲就回来了，他在外面喝多了酒，走到窗前，谁知是口渴，还是喝得不尽兴，拿起那瓶虫药就灌了下去。

"塔塔的妻子电话讲到一半，听见院子里有剧烈的咳嗽和母亲惊慌的叫喊声，等她跑出去，才发现父亲倒在地上抽搐着，已经呼吸困难了。

"当时塔达在房顶收拾杂物，他们的母亲在西屋给塔塔和儿媳更换褥子。她说她听见了电话响，但她隔着窗看见了儿媳回屋，于是就继续忙手里的活计，可能她刚低下头，男人就回来了。他们全都在家，可是谁也没看见，直到他喝了

87

毒药，咳嗽起来。"

女人讲完，我不知该说些什么，只觉得心里像被石头堵住了一样，哪怕只是千百万分之一的概率——电话晚那么几秒或是男人早回来一会儿，情况都会截然不同。我对这种命运交错下发生的横祸感到无奈，也为一条鲜活的生命就这样在眼前消失而难过万分。

我替女人包扎好伤口，她便立即起身："大夫，我得回去帮忙了，人过世后有太多事要操办。"

我送她到门口。"您休息吧，唉……"她连连叹了几声。

我说："没想到接诊的第一个病人就……"我看着灯影里沉寂的屋子，忽然觉得它被死亡镀上了一层冷漠。

"谁也不会想到的。"

我点了点头，感到一阵疲倦袭来。

"不管怎么说，还是谢谢您，医生。"说完她很快离开了。

"她埋头大哭，是因为在这屋子的这张病床上，她想起死去的丈夫了。"医生和我说，"她自言自语地讲着，'这屋子不像从前那样冰冷，只有水泥。'他们把男人拉走后，这些年我其实没怎么见过她。"

医生回忆起她从前的模样，他说那时她是个中年女人，虽然谈不上漂亮，但是干干净净，盘着一头黝黑的头发，戴着银质耳环，双目明亮，面色从容。这是我第一次从别人口中得知塔达母亲以前的样子，因为自我有印象以来，她就一直是一个衰老肮脏、生活在垃圾堆里的又干又瘦的女人，她那把骨头就像一架缺油生锈的机器，被人乱七八糟地塞在了黄表纸般的皮肤下。她终日里浑浑噩噩，靠着捡东西为生。

"她是被两个疯儿子拖累成了今天这样。"医生沉重地说，"我问她塔达呢？她为什么会在院子里被人救起来？她都说不出，只是捧着碗，变得神经兮兮的，念叨了许多我听不懂的话。"

"然后过了一夜，天还没亮她就跑了。"我替医生说道。

"我以为她去找塔达了。"医生问我："塔达就没有一点消息吗？"

我摇摇头，看向窄屋里的病床，心里有股难过的滋味，好像生活和命运是一座长满倒刺的大山，人得鲜血淋漓地走在上面。

天色这时已经不早，玉米地在晚风吹拂下潮水似地翻滚起叶片，散落在大地各处的蛐蛐儿也跟着一同聒噪起来。

"我得回家了，大夫，"我说，"我母亲还在等我。"

医生送我到门外的台阶前，他忽然问道："是你母亲让你打听塔达的吗？"

我说："不是，怎么了大夫？"

医生告诉我，当初那个最先冲进院子的女人，正是我母亲。他说："那会儿你才刚出生没多久。"

在我离开医生家第四天的一个宁静午后，塔达的母亲扔掉了她的菜篮，她赤身裸体走上大道，以这种方式向世界宣告了她精神的死亡。塔达的母亲在七月的头一个礼拜——出人意料地疯了。

那天又闷又热，空气如同一团凝胶，除了风扇不停搅动的"嗡嗡"声时而飘出窗以外，其他什么声音也听不见。整个镇子完全处在一种无精打采的悬浮状态下，被高温围困在太阳耀眼的白光之中。

没有人外出，当时只有我独自蹲在屋顶上给家里洗澡用的水袋装水，水流从我攥着的胶皮软管里由地面垂直上升，发出轻微的震动，缓缓流进铺展开的巨大黑色水袋里，它以一种极迟缓的速度膨胀。我在这种迟缓中被晒得头晕目眩，于是抽出水管在脚背和掌心淋了些水，顺便仰头望望天，预测会不会有哪片云彩飘过来遮住我头顶的太阳，但它们都离得很远。

我只好重新接回水管，继续蹲在原地，在舌干唇焦的等待中无聊地张望起巷子。

起先我还以为那是一粒尘土，粘在我眼睫毛上，再仔细瞧时，发现它变成了一块裹在热浪中的肉片，正从巷子尽头踉踉跄跄地飘来。这肉片一丝不挂，体表褐黄，精瘦得触目惊心，两只干瘪的乳房奄在肋骨边，在阳光下显得透明，只有黑色的乳头顽强地翘着，好似肉上生发出的两颗霉斑。它沿路飘来，腿间流淌的金黄尿液，在热浪的炙烤下，宛如煎肉的黄油嗞嗞作响。这肉片痴痴傻傻地惨笑着、大笑着、嚎嚷着、哭泣着，声音忽而尖锐刺耳，忽而阴沉瘆人，忽而长如隔山呼喊，忽而短如俯首哀叹。我躲在屋顶，不敢将头探出太多，生怕被这声音抓了魂去，直到肉片渐行渐远，慢慢在我眼里消失，我还不敢相信这是塔达的母亲。

到了晚上，所有人都确信了，确信塔达的母亲的的确确是疯了。他们一如往日在巷子里支起几张牌桌，却不像往日般情绪激昂、热火朝天，打出的牌也被他们轻轻送到桌面。一整个白天，都有人在不同的地点见到她，她光着身子，穿过集市，经过米店，对每一个人笑，对每一个人哭，唱歌、跳舞、学鸟飞翔。他们说她一定受了太大的刺激，可是受了什么刺激又没人说得清，只是觉得和那个暴雨夜有关。

我母亲也得知了此消息，她啜泣着回家，一屁股倒在木椅上，伤心欲绝地哭起来。她说她想不明白生活为什么这么苦，老天爷干吗非得把好好的一个女人折磨成这样。

我找了片手绢给她，她拭掉眼泪，又哭了会儿才缓和下来。她神情恍惚地坐在屋子里，鼻子仍抽搭不止，她跟我说："你刚出生那会儿，塔达的母亲还抱过你。她手巧得很，经常织一些漂亮的小衣服给你穿。"她徒劳地叠着手绢，就像叠着她记忆中收到的那些衣服。

"后来呢？后来怎么就成了今天这样？"我告诉母亲上次取草药时，医生跟我说了挺多从前的事，关于他那间病房还有塔达父亲的死。

母亲抬起手背，擦擦鼻梁两侧的泪水，她看了眼封死的窗户，将湿乎乎的头发勾到耳后。她平复了一会儿，才终于接着医生的话讲下去，但是说说停停，就像一卷落满灰尘的胶片，勉强显示出影像来。

我离开医生家以后，沿着荒凉萧索的田地独自往回走，一路上空旷无人，只有我自己的脚步声。

几个小时前，下午四点多，塔塔的妻子突然跑到我家，她站在门口，神情慌张，脸被吓得惨白，刚一见到我，话还没说，眼泪便拼命地往外流，她叫我帮帮忙，她说："我爸刚刚误喝了虫药。"

我顾不上安慰她，立即向她家奔去。她跟在我身后，边哭边跟我讲意外的经过，她一直在重复："我不是故意的，我没想到会这样……"

当时塔达和他们的母亲都围在男人身边，塔达的父亲蜷在地上，毫无意识地抽搐，那瓶虫药被丢在一旁，喝得干干净净。塔塔试着扣他父亲的嗓子引吐，试了几次，都没能成功。

塔达的母亲眼底淌着泪痕，她看见我来，急忙问道："妮子，镇子里是不是刚来个大夫。"

"嗯。"

"住在哪儿？远不远？"

"不远，"我说，"可是这情况得去医院洗胃才行。"

"等不及到医院了，"她说已经叫过救护车，还得好一会儿才能到。她问我大夫家的大概位置，接着就叫达达去打电话，跟救护车说让他们直接去大夫家接人，"先看看大夫那儿有没有什么急救的法子。"

我立马叫上塔塔，跑到谷山家拿了辆平常卸货用的板车。谷山还在集市没回来，只有他母亲在家，我把屋门钥匙给她，让她帮我照顾下小孩，我说："塔达的父亲出事了。"

塔塔骑着板车往家去，我顺便又叫了几个人，怕有什么事应付不过来。大家把塔达的父亲抬到车上，我们片刻都不敢耽误，沿着秋后的玉米地便一路往前。塔塔在前面拼命蹬，达达和另几人在后面推，我们三个女人则跟在边上跑，路上我不小心绊倒，摔伤了膝盖，但那时已顾不得疼痛。

到了医生家门口，塔塔他们连着木板把男人往下抬的时

94

候，我冲进院子，看见了那间窄屋子正静静地等待着它的第一个病人。我站在杏树下，大声朝里面喊道："大夫！快！快救救人！"

可是大夫也无能为力，他已经不行了，他们刚把他放到病床上，他就没了气息。塔塔的妻子惊吓过度，始终不停地嘟囔着："我不是故意的，不是故意的。"她在来时的路上跟我说，她只是想杀死仓库的老鼠，她没有想害死爸爸。塔塔抱着尸体痛哭的那一刻，她就像一朵凋敝的花从桌子边缘摔落，一种绝望、懊悔、自责的混合物沿着她的头顶浇灌下来，流到脚底，将她凝结成一个面如死灰的石头人。她浑身冷汗，失神地走到塔塔身边，跪在病床前，那时候，最后的一点暮色也不见了。

我慢慢走到巷口，往里望去，有许多幽暗的光粒从各家沿街的窗户飘出，但不足以看清巷子尽头此刻发生着的事，只能隐约听见一些低微的啜泣和木头搭建时沉闷的声响。他们已经在搭设灵棚了。

我拐进谷山家，刚刚用过的板车已经搁置在了墙角，车把倾斜，歪向一边。谷山的母亲抱着我的小孩出来，我们站在铝制的棚顶底下，上头垂着只昏黄的灯泡，将院子照得忽明忽暗。秋天没有蚊蝇在飞了。

我看见谷山的母亲眼眶红红的，鼻尖儿酸楚地抽搭着，她也刚哭过一场。

"今天中午我还遇见他了，他兴冲冲地朝我喊，'我去喝酒啦！'我问他什么事这么开心，他说，'三儿家的奶牛产崽儿了。'谷山的母亲说，"好好的一人，怎么说没就没了。"

她说完，我们一起陷入哀悼的沉默之中。我那时并不知道，塔达父亲的死只是后来一堆不幸的开始，它们如雪崩一般滚滚而下，来势汹汹地将塔达的母亲永远埋在那里。

我抱着怀里正酣睡的你，真切地感受到你的呼吸在我胸前阵阵起伏。

"谷山还没回来吗？"过了会儿，我问道。

他母亲说："回了，他去塔达家了，达达刚才哭着回来还车时，我们才知道他父亲已经走了。准备亲人的后事得含着血泪操办，我和小谷说，叫他去塔达家搭把手，帮帮忙。"

她随后问了问下午发生的事情，她说："妮子，这不是飞来横祸吗？"

到第二天清晨，镇子下起了薄雾，像是一张从湖心捞起的飞网，沿着结节处滴落着密密麻麻的细雨。塔达家门前来了许多邻居、亲朋，他们撑着伞忙碌。

院子里，大部分的杂物已经被整齐地挪到西侧塔塔屋子的边上，地当间儿①连夜搭建起了黑色的灵堂，红漆棺木肃穆庄严地摆在正中，前面的香案上放着牌位和蜡烛。塔达已经给他们的父亲换好了寿衣，他躺在屋内的地上，身下枕着卸下来的板门。这是他最后一次停留在这里，他要离开自己的家了。细雨此刻顺着檐边飞溅而下，塔达一前一后抓住板门，轻轻将他们的父亲抬起，同死者的真正告别，就是在这一扇板门被抬起的瞬间开始的。

直到入殓后，比雨水还大的泪水才从塔塔和达达的眼里倾盆流出，它们汹涌地流向地面，和雨水融为一体。

"节哀顺变，别哭伤了身子。"每个人都如此跟塔达的母亲说。他们一家在灵堂里忙碌，不时应付着闻讯赶到的亲人。死者搬进棺材后，塔塔和达达两人轮流守在棺侧，瓦盆烧纸，

---

① 地中间。

亲朋吊孝，我和谷山的母亲在屋里找了个地方，帮忙叠起元宝和纸钱。后来塔塔的妻子也过来一起，她双眼哭得红肿，叠好一个，默默放在一边，再拿起另一张，纸还没捻开，泪水就又掉下来。每当塔塔进屋，她就紧忙低下头，不敢看他，塔塔一走，她又哭得更加崩溃。

"我没有想害爸爸。"她仍在怔怔地和我们说。

我们靠着箱柜，箱柜顶放着老式的相框，里面装了些零散照片，有塔塔结婚时的，也有塔塔和达达小时候站在山岩上的，有他们的父亲在河里游泳的，有他们的母亲坐在花园里休息时的。最中间，是他们家的合影。

谷山的母亲拉着塔塔妻子的手，抚慰她说："人呐，能活多大岁数，能享多少福气，都写在了命里，这不能怪你。孩子，没人希望发生这种事情。"

"可塔塔不会原谅我了，"她说，"昨晚回来，塔塔不让我靠近爸爸，说是我害死了他。他问我为什么非把药放在窗台上，后来妈妈拦住了他，叫他不要再说了。"

谷山的母亲凑近她，替她擦擦眼泪："塔塔是心中积郁的悲痛无处可去，才会这样宣泄出来。"她轻轻抚摸她的后背，

"会好的，会好的。"

塔塔这时进来给我和谷山的母亲倒水，瞅也没瞅自己的妻子，他神色恍惚，由于疲惫和困顿，眼珠像是泡进一片泥潭里迟缓地移动，他穿着素衣，伤心过度，每每有人喊他，都要隔几秒，他才能回过神来。

到晚上奠酒结束，我和谷山的母亲离开时，已经叠好了千张纸和几箱的元宝。雨仍在淅淅沥沥地飘落，我们从灵堂后头绕过去，不敢发出一点声响，院子的四周摆满花圈，凄寒的冷气中尽是燃烧的香灰的味道。

塔达的母亲已经一天一夜没有合眼，她盘着的黝黑头发变得松散，两边的银质耳环也像阴云。我们叫她早点回屋休息，又说了几句安慰的话，她把我们送到院门时，我看见灵堂里的长明灯在闪烁摇曳，光从黑布的密纹里穿出，雨丝落在上面，形成一层朦胧而庄重的光膜。

第三天早晨举哀时，如同几个世纪前的蛛丝般的细雨还在绵绵下着，我们最后瞻仰死者的遗容，各自在心底里回忆起不同的往事。塔达的母亲万般留恋地望着男人，嘱咐他说："你莫要挂念世事了，好好安息。"接着木工封棺，敲击的回响震荡在辽远的大地上空。

塔塔和达达拆了灵棚，出殡的时辰到了，亲朋邻里帮忙，准备将棺材抬到车上，棺木刚一离地，塔塔便摔了丧盆，高声而有力地向着密布阴云的天宇喝道："爸！一路走好。"

纸钱随之漫天飘飞，数不清的哭声、喊声、唢呐声交杂在一起，跟着灵车呜咽着，撼天动地，他们穿越巷子，踏上黄土，浩浩荡荡地出发了。

塔达的母亲一个人坐在寂静古旧的屋子当中，颓然地望着过去的照片发呆。院子的细砖被雨水淋成新的殷红，四下纷乱而杂驳，拆下来的木桩卧紧一处，被灵堂漆黑的幕布覆盖，丧盆重新变成一块废铁，香灰在细雨中凝成灰泥似的一团。

那段时间总是下雨，没日没夜地下，我抱着你靠在窗边，在淅淅沥沥的雨声中，哼着摇篮曲，哄你入眠。人们都在慢慢重回日常的生活轨迹之中，死人的事，总得翻篇儿，活着的人还得继续往前走，像骡子一样，像所有牲口一样，闷头往前走。可是塔塔掉队了，他没能走下去，烧"五七"的那天，塔塔的妻子在夜里惊叫着跑回娘家，从此再也没回来。

他或许总是梦见父亲，梦见父亲那张死前狰狞的脸，梦见他躺在窗台底下痉挛，梦见那个瓶子和飘散而出的刺鼻气味，梦见他们一家拼命奔跑在血红色的大地上空，梦见医生的宅院，父亲垂死时的手臂，以及没能睁开的双眼。或许他还会梦见父亲跟他说话，他穿着入殓时的寿衣，惨绿着脸，诉说自己身体冰冷，死得荒唐，如果那瓶虫药不放在窗台，他就不会死，他仍会幸福地和家人生活在一起。没人知道那些天对塔塔而言，他在自己的精神世界和痛苦回忆里经历了什么，是否在一种绝望的徘徊里不断做着抉择，人们只是猜测，猜测塔塔从睡梦中醒来，不断地流泪，流到那床他母亲亲手更换的被褥上。他看着身边的妻子，是否觉得她是一个包了人皮的索命鬼？一个罪大恶极的杀人犯？连续一个月的失眠和噩梦将塔塔摧毁了，闭上眼他或许就看见父亲惨死的模样贴在他脸上，听见他父亲的痛哭萦绕在耳边，他最终确认了父亲的死就是妻子一手造成的，哪怕那是一个无意的过失。

烧完"五七"的那天夜里，塔塔在又一次被噩梦惊醒后，愤然翻身骑到了他妻子身上，他牢牢掐住她的脖子，大叫着要她还命，她的脸被掐成绛紫色，昏死了过去。等达达和他们的母亲跑过来将她救下时，塔塔已经疯了，他像一只淋雨的猴子在墙角兴奋地上蹿下跳。

"塔达的母亲几乎是一夜间白了头，变得形销骨立，谁又能承受这种接二连三的打击呢？人们想了很多办法，包括他家的亲戚，大家都想治好塔塔，但疯了就是疯了。"

我感到有条沉重的锁链从背后将我勒住："达达呢？"我问道。

"达达是过了一两年才精神失常的。他父亲死了，哥哥疯了，嫂子也跑掉了，只剩下他和母亲俩照顾塔塔，但照顾疯子不比照顾常人，极费心力又永无止境，像个无底洞。那中间的事，外人虽然知道的不多，不过也能大概猜出来是个什么样绝望压抑的状态，别的不说，光娶媳妇，达达就不太可能了，他之前有个很要好的对象，这事之后，也很快散了，而那女孩嫁了个更好的人家。后来达达就不再出门，躲在家中，陪他哥哥玩，日子一久，慢慢也变得魔怔了。"

"人走茶凉，人疯也一样，"我母亲说，"达达疯了以后，这户人家才真正被抛弃，被忘记，亲戚不和他们往来了，邻居也不堪骚扰逐渐对他家有了埋怨。塔达的母亲以前在厂里还有工作，两个儿子全疯以后，工作也无法继续下去，只能做一些简单的活计补贴家用，柴米油盐样样都是钱，积蓄却只出不进，十年时间，慢慢把人磨成了这样，家里该变卖的都变卖没了，最后只能去捡些破烂回来，更难的时候，还要去集市捡些不要的烂菜吃。"

我母亲说，从前塔达家的院子生机勃勃，铺地的细砖上摆满花盆，塔达的母亲喜欢看花，夏天一到，全部盛开时，院子里就飞来一群群蝴蝶，落在晾衣线上，落在她手指尖上。

"没人能想象塔达的母亲所经历的这一切，有的时候吧，你能过得很好，事事顺遂，仅仅是因为老天爷没把这受罪的担子扔到你身上。"母亲感慨地说道。

直到此时，我才知悉这个终日游荡在巷子里的女人所遭遇的苦难。我又想起她躺在医生家白色的病床上，她透过人群看我，接着"呜呜"地哭起来，就像火车头"呜呜"地响，我想她大概是想起了从前的时光，也或许看见我，她想起了塔达小时候围在她身边，一声一声叫她妈妈的模样。

"是啊，我知道，"我望着塔达家的废墟，感到上面颓

103

弱的黄昏已然露出夜色的一角，我和谷山说，"在七月的头一个礼拜，大家都知道她疯了。"

谷山将手臂搭在石桌上，双腿向前屈了屈，他说："塔达的母亲疯了后，我才特别想把塔达找出来。你还记得那场下了四天的暴雨吗？"

"我当然记得，是你把她救起来送到大夫家的，几天后她跑了，之后才疯掉。"

"我抱着她往大夫家跑的时候，她还有意识，她在我怀里哭起来，用几乎听不见的声音跟我说，'谷山，真的对不起，塔达给你惹麻烦了。'

"那些年，她要么不说话，说话就是给人道歉，鞠躬道歉也好，下跪道歉也好，都是在为两个儿子犯下的过错求大家原谅。每天吃垃圾，挨白眼，被折磨得不成人形，后来她衣不蔽体地走在街上时，我在想，疯了对她而言，或许是一种解脱吧。"

"那你又为什么非得找到塔达呢？她已经疯了，找到了又能怎样？"我问谷山。

"只是觉得她疯了和塔达的消失有关，也跟暴雨降临前发生的那件事有关。"

废墟上，鸟雀大多飞走了，只剩下最后一只，孤零零地停在石壁尖儿上。我知道谷山指的那件事——在暴雨降临前的一天，塔达差点杀了谷山的母亲。

那天下午，比往常的每一天都要热，空气异常沉闷，厚厚的云层瞬息万变地翻卷着气浪似的白边儿，已经有了暴雨将至的势头。谷山的母亲在自家外面将一些易湿的货物往院子里搬，谷山则在里面收拾着大件儿东西。预报说：大雨会持续几天，地势低洼的地方，要做好防洪准备。

当时巷子里的人大多出来关好门窗后就回屋了，没人注意塔达。镇子无比寂静，热浪翻涌，他俩游荡在路上，穿着脏衣服，蓬头垢面，胡子上粘留着令人作呕的唾沫和食物残渣，塔塔从地上捡起一根木棒，达达跟在他旁边，俩人蹑手蹑脚地走着，一直来到正埋头干活的谷山母亲身后。

塔塔趁她不备，走上前拽住她脑袋猛地将她推倒，迅速用木棒横在她脖子底下，两只胳膊架起木棒两头便往上提，似乎想勒死她，达达则抓住谷山母亲四处乱蹬的双脚，俩人分别向后退，将谷山母亲扯到空中悠荡。见她痛苦挣扎，塔达高兴地跳着欢呼。

听见外面的异响，谷山冲出来，看见两个疯子正像摆弄猎物一样摆弄着母亲。他母亲此时双手牢牢护着脖颈，用力死死地抵抗着让她窒息的木棒。

"我去你的啊！"谷山怒不可遏，抄起门前扛货用的棍子，冲上去大力一脚踹开达达，将他踹倒在地，塔塔被这突如其来的一幕吓得不知所措，慌乱中放开了谷山母亲。谷山见状，抢起棍子大吼着朝塔塔砸去，一棍子接一棍子结结实实地打在塔塔肩上、头上、胳膊上，疼得塔塔吱哇乱叫，满地乱窜，最终和达达仓皇而逃。

到了晚上，塔达的母亲回来后，才知道下午发生的事。她跑去谷山家，看见谷山的母亲躺在床上，因为受到过度的惊吓发起了高烧。她跪在谷山母亲身边，不停地给她道歉，她知道塔达这次闯的祸太大，要是谷山没及时发现，估计人就没了。

谷山的母亲并没有埋怨她："哭啥，没事呀，"她摸摸塔达母亲的头，细声细语地说，"塔达呀，只是不认识咱们大伙儿了。"听见这话，塔达的母亲趴在床前，没命地大声哭起来，哭得绝望极了。

她说这些年，塔达给大家添了太多麻烦，让每个人担惊受怕地活着。她想起大家伙曾经给她的帮助，如今人年过半百，不仅不能报答大家，就连不给人们添乱，都这般困难，她实在不知道老天爷为什么要这么对她。谷山的母亲抱着她，她伸手抚摸着眼前这个沧桑女人的头发，眼角也淌出泪来，她哽咽着说："妹妹，你这一辈子活得太苦、太难了。"

"那天她和我母亲聊到很晚，她们聊着从前的故事，唏嘘着人生，感慨着命运，时而一起哭，时而一起笑。她们聊啊聊，聊啊聊，好像要把这一辈子憋在肚子里的委屈都说干净。

"塔达母亲从我家离开的时候，那场持续四天的暴雨就漫无边际地下了起来。"

现在最后的那一只鸟，也从石壁尖儿上飞走了，风又吹落几颗野果，谷山拿起其中一颗，捏在手心，他叹气说："老了，跟我母亲那样老了。我不找塔达了，也找不到塔达了。"

他自顾自地说："我抱着她跑到医生家门前时，她的眼泪哭得我胸前都是，我迈进医生家的院子，她跟我说，'谷山啊，塔达以后再也不会给大家添麻烦了。'说完她就闭上了眼睛。"

谷山的话说得很隐晦，他站起来，望着废墟："或许她自己把麻烦解决掉了，自己把那十多年的苦难画上了句号。

"也许她躺在雨里的时候，就已经疯了。可我还是希望塔达……"谷山没有再说下去，"因为世上再没有比这更绝望的事了吧。"

他说："天色不早了，回吧。"

我坐在那儿，感到一种浸透骨髓的严寒。那座如同被巨风扑倒的废墟仍寂静地卧在那里，石壁尖儿上的那点微暗的光在夕阳坠进群山的同时跟着一起，猛地消失不见了。

逃　亡

她独自一人坐在饭桌前，看着夜色没过墙头，逐渐向她袭来。她正屏气凝听，试着从窗外的夜色中听见一点声音，又极力希望什么也别听见，索性真的什么也没听见。

　　又过了一会儿，她屏气凝听，还是没有声音。

　　天色越来越暗了。三个钟头以前，有人叫她丈夫去赌牌。此时，他或许正玩在兴头上，如果他回来得很晚，八成是赢了钱，但他很少赢钱；另一种更可能发生的情形是他已经输得一文不剩，现在正憋着满肚子火气狼狈地往回走，嘴里骂骂咧咧，也许已经拐过街角，就要到家。她不得不再次屏气凝听，这次，她听见自己的心在惊惧挣扎。

　　周遭的阒寂如河水涌入，在愈发狭小的空间里，她越来越难以呼吸。她在想他可能真的要回来了，也许应该去热一下菜，或是先把院子的灯打开，或许不能把院子的灯打开，或是还是应该把院子的灯打开，崩溃的情绪仅一瞬间就从快要哭泣的眼睛中汹涌而出，为了遏制住它，她只得站起身，去热一下菜。

昨天的此时，同样在厨房，她为了一大伙人的吃喝忙碌。没人注意她，正如没人注意自己手上的烟是第几颗。她走进烟雾缭绕的房间，目光越过丛林般高举的手臂，她出现在对面镜子的边缘，她看见自己穿着淡蓝色印花上衣，想起这是六年前结婚时他买给她的，那时她也幸福过，不像现在，一切失去秩序。她走上前，酒杯高速碰撞，发出刺耳声响。她急忙放下菜，撤掉两只空盘子离开。

人们喝得酩酊大醉，歪倒在椅子上，互相抱着、搂着、咕哝着不着边际的话。这时，一个高个儿男人离开饭桌，悄悄来到昏暗的厨房。

她背对门口，收拾剩菜。男人走过去，看见她耳后银灰色的边夹闪烁微光，他从身后爱惜地抱住她，触碰的瞬间，印花上衣里像是长满了细密如麻的针，刺进她身体，疼得她紧忙躲开，手中的盘子也不慎打碎。好在屋内嘈杂，没人听见。

男人显得窘迫，以为自己吓到了她，但看见她痛苦的表情，他立即明白过来："他是不是又打你了？"

她的慌乱在看见男人的一刻已经平静，她蹲在地上，拾起碎片，并未言语。男人蹲下身，推开她手，三两下捡完。

男人站起来，拉她到身前："给我看看。"说着轻轻撩起她的衣服，借着灯光，看见她背部整片触目惊心的血痕。

"腰带打的？"男人没敢摸。

"嗯。"她低头。

"因为什么？"

"菜凉了，没及时热，说不好吃。"她拿开男人的手，扯平衣服。看不清她的表情，只感到她声音里夹杂着屈辱。她靠近橱柜，别着头，沉默，那光景像是两人一同见证了某场血腥屠杀。男人气得下颌颤抖。

"走，走吧，离开这儿，他不会找到咱们的。"男人将她的手握在胸前，声音如温柔的蝴蝶飞进她耳朵。

也许是太久没听见关切的声音，也许是那场暴行过于绝望和恐怖，也许是这些新伤太疼，旧伤太痛，她再也忍不住委屈，趴在男人肩膀，小声哭起来。

她被男人轻轻抱着，墙上的两个人影合成一个。

"如果再这样下去，说不定哪天他就会失手打死你，咱们走吧……"男人在她耳边重复，像是给她力量，"走！"

她听着男人的声音，仿佛一切沉寂下来。也许这一刻，她真该点点头，趁着夜色就这么开始逃亡，一去不回。她有什么顾虑呢？还有什么顾虑呢？日子不会比现在更糟，生活不会比当下更烂，不是吗？可就是有块儿沉重的枷锁束着她的双腿，叫她寸步难行。

她不知道那是一条怎样的路，她觉得自己处理不来，然后呢？她总是问，然后怎么办？他也许会像一条嗅觉敏锐的猎犬满世界追踪她的气味，再次找到她，撕烂她。是啊，他甚至可以报警，说妻子被人拐跑，然后人们会在一个破旧的出租屋找到他们，把他们揪出来，围着她窃窃私语，管他们叫奸夫淫妇，给她戴上羞辱的帽子，朝她投来意味深长的目光。他会把她锁在家中，连续殴打几天几夜，不断踢她、踹她、踩她的头，把她举起来狠狠摔在地上，将她衣服扒光，抽到昏厥，拖在地上走来走去，直到鼻孔里鲜血淌个不停，眼睛肿胀得无法睁开，浑身淤青，长出道道新痂，无法抬起双臂，

113

更没办法在夜里翻身，最后被他绑在墙角，兴许吃饭时才会喂她一点粥。等处理完她，他会找时间解决男人，也许他会放火烧了他家，也许……她不敢往下想。

这些念头在她脑海里转瞬即逝，刚鼓起的勇气就如潮水般退去、烛火般熄灭了。一切都是徒劳的幻想，一切都是枉然，她就像一只待宰的牲畜，无力挣脱关押她的牢笼。

她不得不止住眼泪，冷静下来，克制逃跑的冲动，就如接受希望之门已经对她永远关闭了一样。她直摇头，用手背擦泪水，告诉男人："我们又能跑哪儿去呢？我会被他抓回来，一次又一次。"

男人被她的优柔寡断激怒。这不是他想听见的话，不是他要听见的话，这话只会让他深感无力。一种英雄的使命，悲剧式英雄的使命降临在他身上，毁灭的意识从心灵最深处冲出来："怎么走不掉？杀了他，就能走掉。你可以再去找工作，然后开始新的人生。"男人透过厨房油渍的窗，看向屋内另一个正在喝酒的男人，正是那个人让女人遭受着无休止的痛苦折磨。一想到她以瘦弱之躯承受没完没了的暴行，男人就感到懊丧和怫恚，一次又一次，如同西西弗斯那永无

114

止境的困局。但这次，男人要让"石头"永不坠落。

"杀了他？你在说什么胡话？然后当个逃犯，提心吊胆地开始新生活吗？还是你打算在狱中度过余生？"她突然产生另一种杂乱的情感，好像要失去眼前这个人似的，失去一切好的与坏的。她不想失去。

"你到底还要忍受到什么时候？你忘了他上次把你打得面目全非，一个月不能见人吗？"男人不再给她商量的余地，只说了句"我这就回去准备"，便气冲冲地离开了。

她不敢大声叫他回来，她还没来得及问准备什么，她更不敢开口问准备什么。百感交集中，她察觉到男人被怒火击溃理智，似乎要用自己的生命送她到安全地带，可在那里，如果没有男人陪她，她没有独自行走的能力。她很清楚。

夜又深了一点，人都散去，镜子里只剩下她和倒在酒桌上的他。他身体宽阔，手臂粗得像几捆钢筋，他的脸枕在碟子上，发出令人生厌的鼾声。她走到他身边，轻轻推他，叫他去床上睡。这情形在她生命中发生过无数次。她早已习惯。

往常——如果她后背没伤——她会吃力地架起他，从一堆汤汤水水中拉他到床边，给他换掉衣服，脱掉鞋袜。看着他不省人事的样子，平日里凶残的面色也荡然无存，她坐在他旁边，会想起许多有的没的。她也幻想过，就这样找根绳子，将他勒死，让这头失控的野兽在睡梦中死亡，但仅仅是幻想，她没法真的做到。他是家里唯一的经济来源，况且她还有个早已病重多时的父亲，她不得不依赖他。如果她一走了之，他会立刻断了父亲的医药费。

这种解不开的谜题在每一次家暴过后困扰着她，人生的矛盾似乎不像剧本中充满张力、剑拔弩张，更多的反而是一种缓和的、温水煮青蛙式的拉扯，消耗人的全部精神，如一根韧性极佳的皮筋，扯到尽头，再回到原处。

就像她被打得奄奄一息躺在地上时，他理都不会理，然而等他情绪一过，他立马会懊悔自责起来，跪在她跟前，求她原谅，抱着她失声痛哭，他抽自己嘴巴，骂自己该死！人渣！废物！他向她保证，以后再不打她，接下来的几天，他待她总比平常温柔，对她言听计从。她呢？每次都会想，这是最后一次了，这一定是最后一次了。可过不了多久，他会忘掉说过的一切，他的内疚与自责会在抽出腰带的一刻烟消云散，他一点点蚕食她的心，最后让她变得麻木，不再抵抗。

有时她坐在他旁边，不去想恐怖的勒人的绳索，而是莫名其妙地怀念起从前有过的快乐日子。那时他还很年轻，讨她欢心，记得她说喜欢冰糖，他搭车去好远的城里给她买两袋最好的回来。黄昏，他骑车载她，沿河滩骑很久很久，晚霞落在水面，天空飞过可爱的群鸟，他们是夕阳底下含情脉脉的恋人，风偶尔兜起她的裙子，反而羞红他的脸。他们坐在一起，互相依偎，他递给她冰糖，趁她不注意，偷偷亲她脸颊。

　　"我们结婚吧，我要一生待你好，照顾你。"他虔诚地说。

　　她听了喜不自胜，侧着头轻轻靠在他肩膀。她相信他值得托付一生，连泛着细云的天空都向她呈现了爱情的美好模样。可她忘记了天空会变，会从晴转阴，从明到暗。

　　结婚后，他愈加劳累，不停地工作赚钱。他留下她一人，签了生死契后，跟着一群工友飞去美国盖大楼。他去了两年，杳无音信，九死一生，最后带着许多现金回来。他们换了新地方，盖了新房子。她辞去工作，想要另找，他觉得让她工作太累："我一个人可以养家，可以照顾好你的。"他这么说。那时生活甜蜜。

对她而言，他真的不是一下子变成一头怪物的，而是慢慢地，很慢很慢，慢到她逐渐忘记他最初的模样，慢到她觉得那些幸福的过往全是她个人的臆想，慢到仿佛她刚接触他时，他就是以这个暴君的形象出现在她的世界。他渐渐乖戾，喜怒无常，时常因为不顺心便破口大骂。他曾经朝气无比的脸开始布满焦躁和怨怼，他酗酒应酬，和工友们、和开发商们没日没夜地喝。他抱怨生活，抱怨青春不再，抱怨美好的事物与他毫无瓜葛。而她产生某种愧疚，总觉得是自己不好才导致他这样，也许父亲的重病拖垮了这个家，也许生活的确是太累，把他们压得死死的。他只能去酒精里寻求解脱，去打牌、摇骰子里寻找快乐。而她只能捂着脸一个人在床边哭泣。

她再次推他的肩膀："醒醒，去床上睡。"这次他听见了，缓慢动了动，挺起脖子，迷迷糊糊站起身，将酒桌按得哗啦响，差点一个趔趄摔倒在地。她拖他到床头，因后背的疼痛浑身都被汗水打湿。他嘴里一直嘟囔着什么，忽然翻过身来，脸埋在她大腿一侧，握着她一只手，跟她讲对不起她，对不起她，他以后不打她，他以后都不打她了，他喝得没了神智，大哭，不停地道歉。

她听着这夜晚唯一的哭声，她听过太多次这样的哭声，可她还是无法平静面对这哭声。苦恼，纠缠，无力，忍受现状，两人构建的记忆，交织的生活，对往日光景的追寻，将死的父亲，以及所有一切的伤痕，都凝视着她，吞噬着她，让她坐立不安，她想冲出这进退维谷之地。

她又一次如往常，给他换掉衣服，脱掉鞋袜。看他不省人事的样子，平日里凶残的面色也荡然无存，她坐在他旁边，想起许多有的没的。

他把她打得最凶的一次是什么样？是这次新伤之前，再之前了，四个月前吧。他在外面赌钱回来，貌似和人发生争吵，她看见他整个人冒着戾气，周身死一般阴沉，她不敢跟他讲话，只是把饭菜端过去，却不小心失手掉了根筷子，就是这根掉落的筷子，触怒了他敏感的神经，像是一点微茫的星火，点燃了全部的炸药。

没有任何征兆，他们对视了几秒，几秒钟后，他就把她踹倒在地，偌大的身躯像牲口压住她，他一手攥紧她的头发，狠狠往地上磕她的脑袋，另一只大手抽出皮带，不停抽向她，抽她的脸、她的脖子，她没有挣扎的空间，只能发出惨绝人寰的哭喊："别打我，求求你，别打我。我以后不掉筷子了。"她两脚疯狂乱蹬。

没有任何理由，一场家暴就这样稀松平常地发生了。

那天，她被打得面目全非，不能见人，在家待了整整一个月。第二天他像没事人一样，跟她说："爸的医药费我给过去了。"她没说话，独自哭起来，泪水从肿胀的眼中渗出来。

她越哭声越大，就像此时他贴在她腿上哭的这样。她不理解生活为什么要像噩梦一样轮回不休，为什么他一定要打她才可以从狂躁中恢复过来。

她怔怔坐着："未来会有多少同样的情形？"她这么问自己，"未来！"一个近在咫尺却充满压抑的词语，一个使人置身绝境无比恐惧的词语。

忽然一点光从墙外照进来，伴随着类似虫子的鸣响，半晌她才反应过来这呼唤的信号，于是跑出去。

树底下，一个暗影幽幽闪动，夜深了，一切都湮灭了。

她问男人："你怎么又来了。"

"他呢？"

"睡着了。"

"我已经想好了，今天先饶他一命。我跟你说，改天就这样……"他兀自说起来。

她顿时感到害怕，他来，竟然是为了跟她讲他的计划。

"不能这么耗下去了！"男人说，"下次，你能确定下次他不会失手打死你吗？"

听着男人的计划，她仿佛看见某个夜晚丈夫独自走在回来的路上时，被人用斧子从后面狠狠夯了一下，接着被拖走，埋进深山。

"没人知道是我，等过了风头，咱们就离开，再也不回来。"

男人紧紧抱住她。这次，她感觉不到背部的疼痛。

她垂着双手，木木地站着，任他拼命亲吻她。她的人生，会因为这个男人杀死那个男人而产生新的希望吗？她迷乱了。

男人跟她约定好时间，他要更加详细地去执行，以确保万无一失。即便失败，后果也全由他一人承担，无论怎样，这次他都要救她。

她忘记自己是怎样回到屋子，又怎样坐在床边，看着还未收拾的房间，她感到这已是一座巨大的坟墓了。

他已经沉沉睡去，睡在墓穴中。她开始收拾杯盘狼藉的酒桌，月光在窗外变得渺茫，她不断在厨房与屋内穿行，镜子成了她这个夜晚唯一的记录者。

她拿着碟子，又想起男人。

她清楚而明白，曾经发生过的无数凄惨，只有男人与她感同身受。他住在附近，也算邻居，互相熟识，在那些残忍的凌虐过后，男人总是偷偷来给她送药，轻轻抚慰她破碎的灵魂，给她希望与安慰。在丈夫那儿失去的，在男人那儿通通有了补偿，他们坐在墙角，男人搂着她，给她讲故事，给她唱歌。在这样的人生中，她的情感没办法不移到这个男人身上，依存成为一种拯救，成为苦海里唯一的稻草，他们于是在黑暗的光中真心相爱了……

相爱了……

相爱了……

她多久没有听过"爱"这个字了……

爱！！！

猛然间，她的思绪回过神来，看着空空的房间与刚刚越过墙头的夜色，她再次鼓起勇气，她想和男人在一起，她要和男人在一起。她突然想逃了。杀人是一件太过遥远的事，他会毁了自己，她不能再失去他，失去他，她的人生就全完了，再也没有任何改变，他会在狱中面对墙壁过完一生或是被枪决，她则会成为孤零零的空洞的鬼魂，飘荡在世间。

不行！绝对不行！不行！要阻止男人！阻止！

"嗒"的一下，她听见门外传来沉闷的脚步声。

"嗒！"

"嗒！"

"嗒！"

她听见脚步声近了，越来越近，怎么办？她慌了手脚，她仿佛看见他拎着腰带走进来，再一次将她扒光，将她踩在脚下，疯狂抽打她，向她怒吼："又忘了热菜，天天忘，天天忘，天天给老子吃冷饭！"她感到腰带前边的铁扣重锤一样敲在她的脑袋上。

越来越近了，逃不掉了。

不！逃得掉，只要现在跑出去，躲在黑暗的角落，趁他没发现，然后逃走，就逃得掉，逃出去，告诉男人："走！我们马上走！现在就走！不要管他，我们开始新的生活，他会杀了我！这次他一定会杀了我！"

　　但脚步声已经太近了，她没机会了，下一秒，他就会推开门来，她终于崩溃，仿佛一场新的受难开始了，眼泪不受控制地流下来。她怕极了，怎么办，该怎么办，该怎么办！

　　该怎么办……她跪在地上，整个人佝偻起来，失心疯似的在地上爬来爬去。突然，她发现自己手里什么都没拿就走了出来，于是她迅速跑回房间，现在！立刻！马上！去热一下菜，可当她冲回屋内，看见镜子里那个狼狈不堪的女人时，不！不对！应该先把院子的灯打开！不！先热菜！

　　不！先把院子的灯打开。

　　这时，他已经推开门，走了进来。

坐落无声

每到晚间，我都可以听见有人把自家那扇满是孔洞的木门关紧，听见他们将手电轻轻夹在腋下时发出的细微摩擦，我听见他们将一张几乎没什么花纹的毡布装进口袋，另一只手拎起搁在墙角的榔头锤，随后声音在窗边渐行渐远，那时他们已经融身在浓重的夜色中，向着西边稠密的高粱地的更西边出发了。

　　他们先出现在一条连通城里的主路交叉口，心照不宣地在几面破败不堪的石墙和一座土地庙的台阶前汇合，随后像一支小型侦查队在窸窸窣窣的影子交错中往人烟更稀少处挺进。他们沿着一座光秃秃的山坡侧面缓缓向上，另一头是闪烁着银色光的碎石岗。过了山坡向西再走很短一段路，就踏进了人们熟悉的一望无垠的高粱地，那里好像一片落日金光中的红色湖泊正起伏在夜晚的大地之上。他们穿越田头狭窄的过道，衣角边缘轻轻抚过湿漉漉的低矮叶片，他们接连不断的脚步碾碎了细小的土块儿与沉睡中毫无意识的小虫，他们嗅着谷物的香气，听着麦穗发出潮汐般的声响，他们静悄悄地走着。在这片孕育祖辈几代人成长的大地母亲的胸膛上走着，他们顺着她鼓胀胀的乳房慢慢向她愈发贫瘠的腹腔走着——他们最终从厚土走到一处从前少有人涉足的荒凉地带，这里开阔平整，空气冷冽，没有一户人家，没有生活的痕迹，这里就像他们头顶上那颗灰色月亮映照在人间的一处倒影，有的只是旷野不受遮蔽的风，以及那些人类从没亲眼见过的古老生物空洞凄凉的哀响。

　　有时我也跟在他们身后，那会儿的画面对我来说就像一场惊心动魄的冒险与日常生活中少有的寻宝之旅。在离我们视线不远的地方，黑色地平线的中间正浮动着一块朦胧的光晕，看来今晚已经有人先来了，尽管四周除去空旷的夜色什么也没有。我们走上前，站在仿佛被陨石砸出的大地断裂处的边缘，向方坑中俯视，丁家老伯此刻正敲击着手心里的岩块，他听见头顶有人走来，迅速将手电筒射向我们，晃得我们眼睛生疼。

是谁先发现的这里埋有化石，已经没人记得，或许是黑四家为盖房来这儿起石头时发现的，但那也不重要，因为对我们这些世代靠种地谋生的人而言，在某个离自家庄稼不远的地方发现这种东西就和听见天气预报说明天下雨本质上没什么太大的不同，或者说与其关心那些早早死在岩石层里的史前生物，倒不如好好关心关心今年的收成如何。直到后来有人拿着几块纹理极其清晰的鱼骨化石给我们看，人们才意识到这东西确实有一种难以抵抗的魅力，它仿佛能立刻唤起人类身体里的远古血液，叫一个从没思考过生命为何物的人去思考生命的来路与归程，尤其当那只极其鲜明的、在岩层上呈现褐色的小鱼在经历了几亿年后突然出现在你的掌心时，面对着它，你是直接在和一个比你认识的最古老还要古老的时间对话。

不过比这更让人无法抗拒的是拿石头的人讲的话，他说："知道吗，这一块儿能卖上六百多块钱。"人们才算明白，那里埋着的根本不是什么和自己毫无相关的可有可无的东西，而是一座由于幸运的眷顾意外降临在这个贫穷之地的免费"金矿", 对此恐怕只有傻子才会无动于衷。

这就是我们这几个人此刻出现在这里的原因。起初方坑并不像如今这么巨大, 就像我说的, 它最开始可能仅仅是某户人家起盖房用的石头无意挖掘的, 得知化石存在并能卖钱后, 人们才蜂拥而至把它挖成了一个长宽近三十米、深两米的方坑。如今这里已呈现出清晰明了的断层构造, 青色、灰色和黄色的石层叠在一起, 就像种地时勒紧裤子的绳带, 绕着其自身的壁垒环成一圈, 将跳进里面的人们牢牢捆住。

至于我们为什么不白天来, 除了白天太热没有任何阴凉可乘外, 另一点是因为最开始发现这个地方时, 村里曾报给县里, 县里报给了市里, 市里又报给省里。省里下文件到市里, 市里下文件到县里, 县里又下文件到村里, 最后来到这儿的——只有半年前的那几根写着"禁止通行"的红丝带, 此时就缠绕在我们身后的几个破木桩上。事情的性质也因为"禁止"两字, 忽然产生出一种争分夺秒的急迫和从明面转到暗地里的微妙变化, 谁都明白, 也许明天这个幸运的眷顾就不是唾手可得的了, 同时人们也发现, 关于"捡钱"这件事, 它就应该在夜里进行, 而不是光天化日之下。

"丁伯，你来得可够早，"我身边的起山朝下面问道，"今儿挖到什么宝贝儿了吗？"

丁伯看见是我们，移开手电："越来越不好挖，只找到块儿植物的，你下来看。"

我们小心翼翼地顺着斜坡滑下去，几个人围在丁伯身边。他掏出衣兜里没什么花纹的毡布，轻轻打开，照给我们看，化石躺在丁伯满是老茧的掌心，在手电光照射下显得很薄很脆，几近透明，就像一棵微小的树被人刻画在上面，枝叶的纹路清晰可见，显出淡淡的紫色，只是没人知道这是什么植物。

"这品相不错呀！可以。"起山夸赞道。

"植物的卖不上几个钱，"他重新包裹好放进口袋，接着说，"三五十顶天了。"

"三五十也是钱，你就是不卖，放在自家柜子上当个小摆饰，也不错呢。"

说完我们分散在方坑四周，各自拿着榔头敲起石层来，叮叮咚咚的声音回环往复，夹杂在夜晚的风鸣之中。这些岩石有着自史前就保存下来的冰冷温度，即使碎裂，仍因为可能出现化石而给人一种肃穆庄严的感觉。我想我们就像塞拉佩拉达金矿①里的劳工，只是我们没有雇主而已。关于这种事，其实都一样，我们是被金钱奴役，灵魂里响动的也只有金钱的声音，而在此种免费的、不需花多大力气全凭运气就能得来的金钱面前更甚，它驱使着我们到了夜晚就像听见魔鬼的召唤一般心驰神往地奔赴此处，不论大人还是我这个小孩，都难逃其魔力。我们全都扎进这个幸运鱼缸里打算捞一把，就如同我右边的这几个邻居，有顶着手电、脸被映得灰白、双眼闪着贪婪的光的严酒；有一刻不停地将石块装进麻袋里以便回家后再敲开的薛起山；有脖子上挂着水瓶、正大口喝水的万顷良。他们各忙各的，互不干扰，这些都是我最熟悉的面孔，他们也是前面那片高粱地上的主人，世世代代在这片自给自足的土地上劳作着、生活着。

"丁伯，你听说了没？下周就有专家来这儿考察了。"他们停下来休息时，一起蹲坐在方坑中心抽起烟，手电筒的光沿着满是碎石的地面将他们黑黢黢的影子打在身后的石壁上，就像一群无家可归的游魂在悄悄诉说其生前的秘密，"据

---

① 巴西金矿，20 世纪 80 年代涌入大量淘金者，但大部分钱财都被军方收入囊中。

131

说是从别的地方沿着线路走，最后认为咱们这儿可能是什么什么文明的发源地。您说新鲜不，这里十年九旱、常年刮风、累死累活种个高粱还得看老天爷脸色的地方，能有个卵。我是不晓得他们是怎么个研究法，要我看，怕是听说了这一地的宝贝，打着研究的旗子准备填了自己的口袋！"严酒愤愤地讲道，两条粗壮的烟柱从他宽宽的鼻孔里喷出来，同时又在他焦黄的眼珠前慢慢消尽，把他的脸遮挡得忽明忽暗。

"那没法子，人家是有文件的，就算偷偷填了口袋，也碍不着咱们啥事，顶多叫人看着眼馋，你还能说这地是你家的不成。咱们这叫捞偏财，不追究你挺好了，到时候反过来给你安个破坏国家财产的罪名，全都逮起来，一个不落，谁也别想跑。"起山搓搓干巴巴的双手，打趣着说，又望望放在不远处笼罩在暗光里已经快装满的袋子，"我说就趁着这几天，多找一块儿是一块儿。"

丁伯坐在起山对面，他岁数最长，已经六十多，垂着一只胳膊，手腕处的血管像暴雨时节谷道中的河床。他看着起山，在他那双历经世事的眼中流露的正是这片土地的根的颜色，他的脸同样是粗野的高粱红，在高地似的颧骨线上，早已布满由岁月生发出的颗颗暗斑，而贴近鼻翼两侧的肌肉，却如同两根钢筋拧成的坚固桥索，正紧紧钩住他蜷曲着灰须的下颌。他同样说："起山讲得在理，考察还是不考察，跟咱们这些种庄稼的农民没什么打紧的关系。咱们是头顶一片天，脚踏一方土，靠山吃山，靠水吃水，靠庄稼吃庄稼，有化石卖就赚赚偏财，没了化石就继续种高粱，而且咱这儿大大小小的百来户人家，也都多少挖了点，赚了钱，知足就行啦。"他这时把头伸向我，并用手轻轻攥攥我的细胳膊，叫我把刚找到的树叶化石伸出来给大伙儿瞧瞧，"你们看，连小孩子都知道来这儿打发时间了。"

他们几个人继续交谈，甚至聊起一些人生琐碎的劳苦事，暂时将挖化石抛到了脑后。他们聊起某一年的大旱，聊起另一年的洪水，聊起庄稼收成和黑穗病，聊起泥泞路上淌下的汗水和耕地的牛。我想他们太熟悉这片土地的一草一木和一砖一瓦了，他们是生在这里也要死在这里的人，他们坐在方坑中心，盘腿嗑着烟，皮肤上是阳光烧灼而出的铁血颜色，皮肤下，则是纵横交错的布满全身的血管。或许很久以前，人类刚出现那会儿，在某个原始部落里，那些人也坐在洞穴边上，头顶着璀璨的银河，在阒然无声的晚风中如此交谈。

"喂！万顷良，你也过来抽一根！"严酒朝他喊道。

万顷良站在东侧的岩层边上，仍急躁地不断敲击着，头也没回，只留给我们一声沉闷的回应："老子不抽，"他敲下来一块儿说，"我没心思抽，种地种地！种八百辈子地了，成天种地！挖化石不比种地轻松！"

坐着的人一起笑了，他们抬头望望冷清得没有一丝流云的夜空，几颗泛着红光的烟尾巴也在碎石剥落声中静静熄灭了。我摸摸兜里并不光滑的石头，好像听见这片树叶飘落到一条曲折的溪流之上，随后越来越远了。

考察队果然在一周后来到了这里。有时一大早，站在屋顶往那个光秃秃的山坡望去，就能看见一群穿着灰衣灰裤灰鞋子的人拎着许多箱子排成队走上去，到了天色将晚时，又埋里埋汰地走下来。我们没人敢上前去看，生怕被他们逮住后问："这岩层是你们破坏的吗？你们这群不长眼的刁民！"那时我们也紧闭门窗，总觉得他们会冲入家中，把那些我们没及时处理的化石搜刮了去，我们只能胆战心惊地度过每一天，用毛巾把化石包好，藏在牲口棚里，或是放进木盒埋到菜园底下。老人说现在的情况就像当年在生产队偷偷吃饺子，一定要把灯熄了，把门窗锁紧，生怕味道飘出去。

我们只敢在高粱地附近徘徊，假借看庄稼之名行"监视"之事，他们也要从地垄边儿上经过，嘴里说着什么白垩纪这个纪那个纪的我们听不懂的名称，有时也热情地和我们的人打招呼，类似于什么"老伯，这高粱种得不错，不容易"之类的客套话，胆大的人就回一句："和你们一样，都是为这土里埋的东西忙活。"除此之外，我们并未有太多的交集。

他们整日里来了走，走了来。我们慢慢发现，那些平时没人注意的破墙和土地庙顶上已被人拉起了横幅，上面写着粗大醒目的"热烈欢迎某某考察队来我县进行考察及化石发掘工作！"。他们沿路走过的地方，尽是鲜红的标语，就连我们高粱地头的杨树枝也挂上了。

万顷良看见这字就气不打一处来，上午他从高粱地回来时一屁股坐到丁伯旁边说："一天天也不知道在忙活什么，拉着箱子去，拉着箱子走的。我看里面装的估计全都是老子的化石，欢迎！欢迎个茄子！"

起山则帮着丁伯在石板上晾晒烟叶，严酒闲着没事坐在一边低矮的土坯前摩挲自己的腿肚子，他透过焦黄的眼珠盯着正在抱怨的万顷良，自己反倒不像之前那么愤愤不平，揶揄起万顷良来："你去找他们理论嘛，反正过了地头就能看见他们，到那儿你就把铁锹往地上一戳，叫他们老实点，识相点。'真不识抬举，都把化石给老子放下，你们哪儿来的回哪儿去！'"他学着万顷良说话的模样，假装扶着木柄，对着空气指指点点。

"严酒，你可别挖苦他了，"丁伯随手抓起几丝烟叶卷进纸里，递给万顷良，随后问他，"你家里的化石都卖完了？"

"卖完了，"万顷良朝纸上啐一口，拿火点上，"总共也没剩几块儿，拿在手里跟个烫手山芋似的。我寻思他们腾出手，就会挨家挨户地问，结果半个月过去了，我看估计是没咱们啥事儿了。"

起山没抬头："可能压根就没想查咱们吧，再说了，卖掉的都是一些小鱼小虾，也没听说谁家真挖出不得了的东西。这百十来户人，还真能一家家查过去不成，不现实。"

丁伯抬起头，朝房檐一侧正在他家树上摘果子的我招招手："小子，先别摘了，你下来。"我听见万顷良吃惊地骂道："靠！这儿还藏着个人！"

我走到丁伯身边，他叫我去考察队那里看看他们在鼓捣些什么。

"机灵点儿，问你就说自家的狗丢了，别稀里糊涂地把挖化石的事说出去。"严酒嘱咐我道。

我点点头，随后沿着那些醒目的标语走去那个我无比熟悉的地方。到达高粱地时，我的心忽然剧烈地颤抖了，那些在金色阳光下红色血浆似的穗子使劲儿地摇啊摇，无数的亮光透过我的眼皮钻进脑海，留下一圈又一圈红与黑的斑点，就连双耳也随之嗡嗡地作响，我无法捕捉它们，只感到它们成千上万地推搡着，奔涌着，似乎喊着救命。我知道自己即将面对的是一群正宗的挖掘者，他们比黑夜里的狗还要叫我这个冒牌货害怕。

但是什么也没发生，那里除了几条写有"禁止通行"的丝带被重新固定在木桩上之外，他们的人全都趴在地坑里忙于工作，压根儿没人在意我，只是叫我小心点，别摔着。我分不清他们手里的家伙什儿^①，只看见一切都被他们打理得井井有条、干干净净。他们就像一群细腻的懂得切割大地的医师，将每一根血管、每一处肌肤、每一块骨头都清扫了出来，而我们往日置身其中的方坑，似乎无人问津，也许只是此时无人问津，因为他们在这片荒野一样的大地上，又挖了两个同样的但相距甚远的大坑。我想不出他们到底是怎么做到的。

"就只看见这些？"我下午回来时，他们聚在一起问我，显然对我此次"侦查"并不满意。

"就这些。"我说。

"小子，你到底有没有去，怕不是高粱地溜了一圈回来唬我们。"万顷良问我。

"我去了，他们还搭了棚子，夜晚留人驻守用的。我看不清他们挖出了啥，就在四周走了走。"我接着跟万顷良说，"不过他们那箱子我看清了，就是工具箱，装不了你心心念念的化石。你要不信，你自己看去。"

起山好奇地问道："他们也跟咱们一样拿个榔头敲？"

----

① 北方方言，工具的意思。

"才不是，他们可专业了，还带着白手套，家伙什儿也多，五花八门，电动的手动的都有，我叫不出名字。反正他们可仔细了，趴在坑里一点一点挖掘，不像咱们那么鲁莽。"

他还想继续问，丁伯挥挥手打断。丁伯说："算了，随他们去吧，不来问咱们挖没挖过化石就挺好了。这顶着个大太阳地干活也不容易。"

就这样我们习惯了他们的存在，习惯了这群人白天来夜里走，甚至从开始的担惊受怕变成了如今似乎快要忘了西边还有这么一群人在艰苦地从事着勘探工作。

直到一个月后，我们注意到勘探的人数明显多了，最多的时候将近上百人，接着开始驶来各种各样的车。八月的某天，镇长居然亲自来了，我们看见他跟在几个西装革履的人身后，热情洋溢地给他们介绍着这片生机盎然的土地。之后的每一天都有各地的记者来到此处，他们从我们高粱地前的羊肠小道上跑过去，拎着长长的话筒，扛着那些我们只在电视里见过的黑色机器。我们才知道，这次是真挖出东西了。

万顷良几乎是用他藏在喉咙里的巨型喇叭通知我们每个人的："看新闻了吗？都看了吗？"他兴奋地拍手说，"真让严酒说中了，咱这儿还真的是什么什么'河山文明'^①的发源地。据说连恐龙化石都给挖出来了，还不止一架，就在离咱们挖的那个方坑二十几米远的地方，而且除了恐龙化石，别的生物数量也特别巨大，就是一个大型的古生物群落，那上面现在都给保护起来了！"

丁伯他们对此消息显然表现得不如万顷良那么激动。严酒事不关己地说："就算挖出天王老子，和我有什么关系，一天天在我的高粱地前蹦跶来蹦跶去的。"

起山也说："就算挖出恐龙化石来，你就不用种地了吗？那关你啥事儿啊。丁伯你瞧瞧，骂人家挖化石的是他，恨不得手撕了人家的是他，现在人家真挖出来高兴的还是他。"

丁伯笑笑，只是说："想不到这穷乡僻壤的地儿，还能有这造化。"

万顷良看他们三个不开窍的样子，忍不住奚落一番："造化？那造化在后面，"他卖起关子来，问起山和严酒，"你俩这乡巴佬，种地种地，满脑子只想着种地，知不知道那天

———————

① "文明"为村民对化石发源地的误读。

140

跟着镇长来的人是谁啊？"

起山和严酒疑惑地对视一眼，听出了万顷良话里有话，丁伯也放下手里的烟杆子，凑上来听："谁？"

"还能有谁，文化局的、旅游局的、镇里的、市里的、省里的，来的都是大人物，知不知道干啥来了？"不等他们反应，万顷良接着说，"视察来了，因为化石数量巨大，研究价值极高，文化意义突出——起源地嘛。打算把咱这儿建成新的旅游景点、文化地标、化石古镇，带着大伙脱贫致富！这都规划起来了！所有人都听说了，怎么就你们几个耳朵跟塞了棉花似的。"

丁伯在这片土地上生活了大半辈子，他说他自己都快像块儿活化石了，他是怎么也想不到"旅游景点"这个光鲜亮丽的词能和此时空气里散发着炊烟味儿、发酵的鸡粪味儿，以及路上还游荡着牛羊驴等牲口的破地方联系起来，一时间竟语塞了，隔了好一会儿才问："你哪儿听来的这些消息，我看你是一天天想发财想疯了！我只听过谁家的孩子考上大学出去，还没听过哪个人愿意主动来这地界儿上旅游。"

"丁伯，这不今非昔比了嘛，那有化石的地儿和只有鸟儿拉屎的地儿能一样？那文明发源地和养鸡加工厂能一样？"

起山则说："那也不见得就在咱这儿建啊？"

"不在这儿建，在哪儿建？那化石搁哪儿发掘的，那就得搁哪儿躺着。怎么着，从这儿发现的化石，拿到别的省去吗？而且也不单单是化石，据说多种多样，大到十几米，小到几厘米，动物的、植物的全都有，直到现在还没发掘完，知道吗？化石在哪儿，发源地在哪儿，那化石馆就得建在哪儿！建也得建，不建也得建。"

严酒忍不住他一直卖关子，又问了一遍："你到底从哪儿听来的？"

"还哪儿听来的，委员会说的呗！几个委员现在脸都快笑到俄罗斯去了，时来运转啊这就是，轮到咱们改命啦！"万顷良高兴地说，"下周准备开始动员大会，家家户户都得参加，接下来一切都围绕化石展开！丁伯，咱们要发财了呀！薛起山，你也别总想着老是种地种地的了！"

"发财？有啥财可发？"往常脑子灵活的严酒此时还云里雾里的。

"你咋还没开窍？那化石公园一旦开建，规模得老大了，你当是自家盖房吗？连着周边设计，道路交通那全得跟上，你寻思咱们的高粱地还能留下来？肯定全都要占的，钱少给不了。"

听见这话，丁伯没有像万顷良那般开心，而是低下头，回身坐到院外的石凳上，弓着身子，继续唔叭起他的烟杆来，却发现已经抽到底了，他往砖上敲敲烟杆头，黑色的烟灰纷纷抖落在他往日刀锋般的脚踝边，听见自家的高粱地要被占用，他只感到一种不可抵抗的失落，看着兴奋的万顷良、脸上已然露出笑意的严酒，以及正揣度着能分多少钱的起山，他就更加感到一种惶然。他们刚四十出头，不像他已经这么老了，也或许只有到他这个年纪，才会由衷地产生对土地难以割舍的浓厚感情。他看着布满老茧，甚至有些皲裂的手心，又翻过去看看山脊般纵横的手背，满是尘土的指甲，那些河流似的鼓动的血管，那是他一生劳作的无声证明，那是他的高粱和他的生命。

动员大会开了一周，主要解决的是防止出现钉子户的问题，不过事情发展得异乎寻常的顺利，没有遭到任何人的反对便一致通过了，这也得益于委员会从市里拿到的旅游规划草图。草图往墙上一钉的时候，在场所有人都目瞪口呆了，他们看见一座辉煌无比的宫殿坐落在那片曾为荒野的地方，东边有着怪石林立的巨型广场，他们几代人走过的泥泞小道被一排排的银杆路灯和笔直恢宏的马路所替代，而马路贴近化石馆的那一段，穿过的正是十几户人家的高粱地。委员会说："规划的人设计了十几次，还是绕不开这地方，即便绕开，这化石馆建成后对着高粱地也不好看，占地是肯定的，不过会按照标准补偿大家，大家不必担心。老话怎么讲，要想富先修路，这大路修好，便利得很，咱儿女亲朋出去回来，再也不用走那驴车都难行的颠簸小路了，而且旅游能拉动经济，大家沾了化石馆的光，也不用那么拼命地种地啦！"

他们散会时，那些土地不在规划路线上的，或是与化石馆建设擦肩而过的人们纷纷对丁伯、起山、严酒、万顷良以及其他几户人家表示祝贺和羡慕，同时抱怨自己没有这样的好运气。这笔钱不小，可比辛辛苦苦种地舒服得多，万顷良已经准备好了要在马路边开一家大型超市，起山也如此计划，他们问起严酒的打算。

严酒说："先考个驾照，再买辆车要要。"

"您呢，丁伯？"他们几个看着一言不发的丁伯。

"我吗？"丁伯说，"等死。"他没理会他们，头也不回地往家去了。

十月收过最后一茬高粱，动工的计划便提上日程。几十年来冷冷清清的旧土地一时间仿佛成了新世界，大量施工人员、卡车、挖掘机、起重机等等降临于此，全部开始运转起来，昼夜不停，工地上的数盏探照灯像是人造的太阳高悬天际，彻夜不息。就连从前在晚上望去的那个幽暗的山坡，如今同样灯火通明，闪着耀眼的白光。

钢筋水泥一车接一车地运送过来，白天再也听不见鸡鸣狗叫，能听见的只有嘈杂的金属切割声、引擎声、机械运转的链条声等等，柴油的气味铺天盖地，掩盖了谷子和泥土的味道，交叉路口处的几面破墙及土地庙已被推翻，为了更好通车，两旁的土路起码拓宽了二十米，露出新土的颜色。丁伯沿着不再熟悉的大路走去曾经光秃秃的山坡，在坡顶缓和的地方，也已经建造了大量供施工人员居住的铁皮棚屋，密密麻麻的，上下两层，侧面挂着看起来不怎么结实的楼梯。

空中过道晾满了工人们蓝色的工服及泛黄的汗衫，地上随意丢弃着饭盒、矿泉水瓶、一次性筷子等，处在轮班休息中的工人正在打牌，从屋内传出爽朗的欢笑。丁伯一直往西走，一直走到自家的高粱地，他永远看不见它们了，大地母亲的胸膛面目全非了，没了一丁点儿庄稼的痕迹了。上百辆的施工车正来来往往，有条不紊地执行着各自的任务，那曾经一望无垠的谷穗此时变成了漫天黄尘里不断轰响着的红色车头，它们巨兽般的黑色轮爪碾碎了人们儿时奔跑的田埂、嬉戏的水道，随之一同消失的包括地头和他一起长大的杨柳。此刻，他感到自己多么的渺小。几个扛着沙袋的工人从他身边跑过去，最后面的那个回头提醒他："老头！你在这儿干吗呢？注意点儿车，别被撞到。"丁伯抬头，极力向最远处望去，透过那双泛红的、正欲落泪的眼睛，他终于看见了处在烟尘背后、气势磅礴的化石馆的钢铁骨架。

正如当初草图展示的那样，我们生活的土地发生了翻天覆地的变化，我也感到我曾熟识的乡民们随着化石馆的建设同样变化着，他们脸上露出笑容，对内心的欣喜毫无遮掩。我看见每到傍晚日落时，金色的夕阳流淌至崭新的柏油大道上，他们踏上去散步闲谈，他们渴望着这片土地不再是儿女们面朝黄土背朝天的命运枷锁，渴望着脱掉这片孤僻土地上的贫困外衣，他们像是获得了新生，昂首挺胸地以文明发源地的主人自诩，他们身后的那座壮丽雄浑的化石馆正是他们全部信念的基石。

没了土地，丁伯现在每天只剩下坐在石板上抽烟，一杆接着一杆。占地得来的钱已经分给了他，他算了下，大概是十年庄稼收成的价格，对此他没有不开心与不服气，也许自己根本活不了那么长呢！他只是无法割舍昔日的那片土地，睡梦中仍会梦见自己站在田头过道上听着成熟的高粱发出飒飒的声响，梦见一场又一场的春雨，一次又一次的秋收。而现在，他往后的人生，只剩下坐在门前无聊地抽烟了。

"小子，化石馆要建完了，你喜欢吗？"丁伯问我。

"没有很喜欢。"我说。

他续上烟叶："怎么呢？不是很好吗？"

我想起我们深夜里跑去挖化石的场景，想起他们坐在方坑中交谈，想起口袋里那片树叶化石，还有阳光下的那支科考队，我只感到那座建筑遮蔽了一些我无法言说的东西。

"你喜欢那化石馆吗？"我抬头问问丁伯，他的灰须好像更暗淡了一些。

　　丁伯说："凑合吧。"

　　施工的日子快到尾声了，寒来暑往，历时二百七十多天。这期间严酒把院子的土墙翻新了一遍，屋里换了铝合金窗户，考了驾照，买了小轿车，终日载着他的家人驰骋在马路上。起山换了新摩托、新彩电、新冰箱，在化石馆附近开了餐厅，他放弃了原来的想法，他说就不和万顷良竞争了，因为万顷良挨着他开了家大型超市。这期间丁伯抽了八百斗烟叶，也可能更多，而我只比过去长高了一点而已。

　　开馆的日子定在了下一年的初夏，如今只剩内部的一些细节在完善，外部一切都已竣工。曾经的旷野、高粱地、山坡以及交叉道口都已不复存在，出现在这里的是大气而规整的现代设施，它们被一条三十米宽的柏油路贯通，一头绵延数十里对接县道，一头抵达林立怪石的广场。往西步行百步，就能看见庄严的由白色大理石砌成的拱形入口，下面是原木柱子组成的巨型双开门，一侧挂着飞鸟图，一侧挂着恐龙图，上面则是朱红色字笔写成的"化石世界地质公园"。跨门而入，便是文明的发源地——占地一千多亩的园区，最高大醒目的就是恐龙馆，在我自己家里，依然可以望见它反射着阳光的金色玻璃，除此还有地质结构馆、鸟化石馆、木化石馆、古植物化石馆等，我第一次在现实中、在眼前看见灰色大平房以外的建筑，它们应该是另一个世界的产物。

过完闹闹腾腾的新年，猫过一个寒冬，天气回暖时，化石馆里里外外所有的事宜都准备完毕了，隔三岔五就能在电视台看见记者介绍着我们这块儿地方，介绍这里的风土人情。而我同样觉得，他介绍的是另一个世界。

临近开馆，委员会挨家挨户给我们发了门票终身免费卡，凭此卡可无限次进入馆内参观，人人都有。委员说，此卡不实名，园区也只认卡不认人，所以可以比门票价格低一点卖给游客，只要保证他们能还回来就行，这也算是给劳作在这片土地上的人们一个福利。

万顷良说："这东西好，循环买卖，游客能便宜进去，乡亲还能赚个票钱。"

到了开馆典礼那天，场面格外热闹，城里的人群蜂拥而至，浩浩荡荡来目睹化石奇景,到处都是攒动的人头、扭动的屁股,数不清的汽车,红的、白的、黑的、蓝的沿大路两侧斜停上数百米,从里面走下各式各样穿着光鲜亮丽、花花绿绿的女人,她们撑着小伞,散发着沁人心脾的香气。小孩们则骑在他们父亲高高的肩膀上,戴着帽子,睁着水汪汪的眼睛环顾新奇的四周,手里紧紧攥着令我羡慕不已的玩具泡泡枪。

在广场最前面,搭建着一处三米多高的舞台,两旁放着澎湃激情的音乐,有人正在上面跳着热舞。我们夹在人群里,不受控制地往前缓缓移动,严酒说:"哎哟哟,真是带劲儿!谁能想到咱这儿能有这么热闹的一天啊!"起山和万顷良的店同样塞得满满当当,我虽然看不见他俩,但我能想象出他们此时忙碌且快乐的样子。丁伯走在我旁边,他攥着金灿灿的终身免费卡,他说上次看见这么多人,还是某年春节在火车站的时候。他说:"真跟动物大迁徙似的。"

我们最后都止步不前。舞蹈结束了,馆长、县长、县委书记等人上台发言,音乐停止,人群寂静,所有目光都聚到他们身上,台下一圈的记者拿着相机咔嚓咔嚓地发出爆响,但照片不会记录下他们臭臭长长的稿子。

"……是一座一千七百年的历史文化名城……"

"……三省交会……旅游资源丰富……"

"……在我市率先发现了……不得不说是奇迹……"

"……品类众多……研究价值极高……"

"……堪称世界第一！全球之最……"

那时，我似乎就在这些话里面，多多少少听出了他们自夸地卖弄。

丁伯说："这是政绩啊。"

我问他："什么叫政绩？"

丁伯说："政绩就是'堪称世界第一'。"

"……我们……进一步加快文化旅游产业……迎来新的大发展和大繁荣……一定要推进我市……"

"……最后……预祝……圆满成功！"

接着无数的礼花、鞭炮被点燃，冲上天空，绽放绚丽的焰火。"化石世界地质公园"如期开馆了！

傍晚时，人潮褪去，斜停的轿车一辆接一辆闪烁着红色尾灯消失在青色天空的尽头，只留下遍地的水瓶、彩带、纸巾和踩脏的小旗子。我们坐在万顷良开的超市门前，仰头望着高处耸立的映照着园区金光的恐龙馆，马路两侧，成百上千的路灯正缓缓点亮，像一条浮出水面的银龙浮游在热闹散尽后的余温里。薛起山总算收拾完餐厅，他抽着烟走出来，脸上挂着一层亮闪闪的油光。

他看着万顷良，两人敞开嗓门大笑起来。

起山说："没想到能来这么多人，差点累死我和厨师。"

万顷良说："和种地比，哪个累？"

起山说："还用比，当然是种地累啊！"他猛地吸了口烟，"老子再也不种地了！光今天一天就赚翻了。"

万顷良说："明天我得再进点儿货，这一个个的，货架都快给挤碎了。"

严酒回头看看万顷良闪烁着霓虹灯的超市，又看看起山开的写有"农家土菜"的饭馆，后悔自己没张罗一间："不行，赶明儿我也弄一个。"他眼馋着说。

他们还一起劝丁伯："丁伯，要不你也自己做个小买卖，这挨着化石馆天时地利的，不做点啥多可惜，闲着也是闲着，您老种了一辈子地，就不腻吗？"

丁伯看着几个后辈，只是觉得真到了时代日新月异的阶段了，昨天还是淌腿在泥土堆里顶着烈日种地的人，今天就翻身做了老板开了店赚起了钱，走上了致富的大道了。但他还是觉得自己老了，忙活不动了，他攥着那张金光闪闪的终身免费卡说："不折腾了，不折腾了，现在就挺好。"

往前，他只在夜晚摸黑寻着回家的路，现在也不用了，路灯亮如白昼，他的影子时而长时而短地在地面上伸缩，他慢慢走了回去。

我们往常种地、养牛、遛狗、喂猪的生活就这样变化了，一时间马路两侧又新开了许多不同种类的店铺，没人再记得这里种着高粱，没人记得地头那两棵杨柳，甚至没人记得那个断层处的方坑。城市一拨又一拨的人源源不断地供给着这片土地，每天的太阳仿佛都比昨日的更加光亮。

丁伯倒也没真的闲着，他带张折叠凳，坐在了万顷良和起山店前面停车的地方。他坐在那儿，在一把巨大的遮阳伞底下，攥着他金光闪闪的终身免费卡，时常有人走过来问他："老伯，能租下卡不？"他拿了票钱和押金，回到起山的店里帮他忙活忙活，等游客回来还他卡时，他再把凳子收起来，那时也差不多日落了，他每天如此。

等天色再晚些，银色的路灯开始渐渐亮起来，忙碌了一天的起山就在自家店前支起小桌子，招呼万顷良、严酒、丁伯一同过来喝酒。他炒上几碟小菜，或是架上炭火，哼着小曲给大伙儿烤点肉串尝尝，丁伯见他脸上洋溢着悠闲和幸福的神情，心里也替他开心。他们坐在夏夜的晚风里，围着桌子，拿起酒盅，欢笑着推杯换盏，直喝得面红耳热，板凳不舒服，他们就盘腿坐在地上，如同他们当初坐在方坑中那样。他们不再聊起某一年的大旱、另一年的洪水、庄稼收成和黑穗病了，也不再聊起泥泞路上淌下的汗水和耕地的牛。除了丁伯，他们满怀憧憬和信心地畅想着各自的未来，眼里闪着亮光。起山说："我要开一家全国最大的连锁饭店。"

万顷良说："那我就开一家全国最大的连锁超市。"

严酒则撸着肉串说："我要开一辆全国最拉风的汽车带着家人去环游大好河山！"

他们喝得醉醺醺，扒拉着快倒在桌子上的丁伯问："丁伯呢？丁伯没什么愿望吗？"

丁伯支起身子，眼神迷蒙："嗯？锁什么超市？"

"问你，想干点啥？"

"想干点啥？"丁伯自言自语地呜噜着，好不容易才捋直舌头，他晃晃晕沉的脑袋，看看四周，好像又看见了他的高粱，他猛地一拍桌子说道，"我要找一头全世界最健壮的牛，叫它给我耕地！"说完，丁伯醉倒了。

他们听了丁伯的愿望后，望望化石馆放声大笑。那笑声里有不解，有困惑，同时也有他们对新生活的希望与向往，那笑声不停，久久回荡在夜空之中，直到太阳升起，人潮再次涌来。

这个别样的、沾了开馆的光的夏天，一切都变得欣欣向荣，热闹、充实，新奇、快乐。

然而就在所有人铆足了力气准备大干一场时——起山花了很多钱重新装修了店面，万顷良也进了许多新品填满了货架，人们却发现相较于开馆的那段日子，游客似乎越来越少了，那种成群结队、摩肩接踵的场面再也没出现过。

到了秋天，四下里变得异常冷清，空旷的马路上每天只有二三十辆车驶来。丁伯坐在他的老地方，他的遮阳伞已被他收起来放进仓库，他独自坐在那儿，想着以往的光景，现在应该是高粱最红的季节了。偶尔有游客走过来问他："老伯，能租下卡不？"他拿了人家的票钱和押金，就坐在原地等待，他不再像之前那样回身去起山的店里帮忙，因为他的店空无一人。起山蹲在地上，一根接一根地抽着香烟，他哀叹地坐在"农家土菜"的牌匾底下，等游客回来，将卡还给丁伯后，或许会走进他的店随意垫下肚子，起山就捏掉烟头，进厨房给他们炒几个菜，他的店已经不需要厨师了。天将晚的时候，牌匾上的霓虹灯开始跟着银色的路灯闪烁，闪烁着残损的"农家土菜"四个字。

终日萧条，落寞不堪，直到秋天逝去，冬季来临，茫茫的雪花飘落在恐龙馆的尖塔上、落在广场的奇石上，落在松树枝、落在拱门、落在长长的丧布一般的大路上。哪里都是一片纯白，哪里都是挂着冰晶，大地如同慢慢凝结成镜面的一汪冰湖。丁伯坐在他的老地方，头戴有挂耳的毡帽，裹着棉袄、棉裤、厚厚的棉鞋，他把手缩在衣袖里，脖子缩在衣领里，有车从远处驶来，碾出两条笔直的黑色长线，那车开到他眼前："老伯，能租下卡不？"他顺着车窗给人家递过去，拿着票钱和押金，坐在原地等待，可能一个小时，也可能更短时间他们就会回来，然后往远处开走，又碾出两条笔直的黑色长线出来，这三十米宽的水河般的马路，一天里只有这四条黑线证明这里有人来过又走了。雪还在下，慢慢连黑线也消失了。

万顷良的店也随着黑线的消失，终于倒闭了。

"完啦！全完啦！"他跑到起山的店里，两个人坐在火炉前开始喝酒，喝到天色将晚，喝到那盏霓虹灯从墙上摔落下来，喝到雪下得能有半米厚，喝到新年的鞭炮声噼里啪啦地响起来，喝到供奉灶王爷的纸钱漫天飘飞。人们失落落、怅惘惘地互相拜年时，我们曾经引以为傲的那条三十米宽的柏油马路两侧的店铺纷纷关闭了。

等到开春时，远离化石馆的不受叨扰的土地开始播种了，耕地的牛又踏上了泥泞的小路，犁具丁零当啷地撞击大地，发出悦耳的响声。人们扛着锄头跟在身后，唱起不知跟哪个老人学的山歌，那嗓音粗犷豪迈，透着人生的洒脱不羁，久久盘旋在湛蓝的天空下，盘旋在那些孕育生命的田间、那些正待抽丝吐绿的枝头。

丁伯坐在他的老地方，身后起山和万顷良的店已经成了颓败的房屋，玻璃窗上蒙着浓厚的灰尘，看不清里面的情况，那些木板的角落挂着昔日里的蛛丝，门后总是响起老鼠磨牙的声响，外面的窗台上至今还残余着上一个秋天发黑的树叶。丁伯坐在那儿，如若平时，他的手此时也该攥紧扒犁，向着他自己的高粱地走去，但现在他只是一个人坐在这里，手里攥着金光闪闪的终身免费卡，望着空无一人的敞亮大道，等待着他的旅客到来。

我们的土地彻底变了，它一半是农耕，牛粪、汗水、血红的高粱，一半是现代，庄严、璀璨、玻璃的幕墙。它一半现实，它一半魔幻。我知道那些化石正安静地躺在地下，既不发出哀鸣，也不会哭泣，一如我们在那个夜里、在那个方坑中准备见到它们时的模样。

一个艺术家的故事

我再看见秦怿是二十年以后的事，在一本西班牙画展的宣传册当中，为着某场活动，他以中国当代艺术家的身份受邀参加。当时他坐在一把银灰色高脚椅上，背靠整幅巨大的的《难以言喻的受难图》。那是他表现主义风格时期的一幅油画作品，却历来饱受争议，因为他似乎给世界描绘了这样一种令人难过不安的场景：在一群如藤蔓般缠绕的白衣连体人的欢呼下，一个赤裸的男人被关进放置在临时搭建的高台上的狭小铁笼当中。人们围观他，像看猴子一样。尽管男人惨绿得有些变形的脸正以此种目光——形如1892年蒙克的画作《卡尔·约翰街的夜晚》那样绿豆般的骷髅小眼睛——作出回应，但其脖子处被抓伤的苦涩血痕以及流溅在胸口上的大滩血水无疑将这种可怖的绝望扩大化了，男人被囚禁于此，同时一根麻绳将他的两条小腿绑成 X 形，使他不得不以一种难堪的方式跪在里面。天空渐渐暗下来，变得愈发阴冷，叫人瑟瑟发抖，周围那些高大的蓝树和橙色的花也随着夜的幽深开始同连体人们一起癫狂、旋转起来，像百无禁忌的肆虐的火焰般勃勃舞动，炙烤着男人。男人紧握铁栏，长久地注视着面前这个早已似是而非的世界，没人知道，他们要舞到什么时候，也没人知道，他还要继续被关在这里多久。狂欢般压抑的寂静渗出画面，最终再次汇聚到它的创作者秦悖身上，而他正怀抱双臂，穿着件简单的米黄色圆领上衣坐在画布前，与画中人物相反，他显得比较轻松，身体自然地松弛。与他对谈的一位欧洲艺术家正在旁边就画中人在极端状态下的内心世界发表自己的看法，他侧耳倾听，略有所思。照片大概就是在这样的一个瞬间，被摄影师记录了下来。

我随后又往画册的后几页翻去，除了现场的一些采访记录，还包括主办方撰写的一篇有关秦悖的专栏，但大体只是叙述了一下这位来自中国的艺术家的艺术成就以及他早年间在北京漂泊时的艰难经历，等等。当然，有关他后来跑去欧洲数十个国家的上百座城市旅行，开启他生命中另一段极为重要的黄金绘画之旅，文章也稍有提及，那是他结束十年北京生活以后的事，带着他在那些年里靠卖画赚来的大部分钱，独自背上行囊，赶赴异国他乡，他借用阿兰·德波顿的话概括那次长途跋涉，他说："对我而言，那是一场为求得真知而进行的旅程，在奥地利、德国、比利时、法国、荷兰、意大利、英国等等，我与我年少时崇拜的大师们有幸相遇了。"在专栏结尾处，文章不无动情地写道：如今，秦怿不再年轻，鬓角也白了一些，他到了中国人常说的"知天命"的年纪，不过岁月的磨砺却让他变得更为温柔和豁达，用他自己的话讲，他仍然觉得自己像个十六岁的、满是憧憬的少年，对艺术、对生活、对未知怀揣着无限的热情，他说艺术家不该"知天命"，艺术家要做的，大概和科学家，和人类自始至终的命运总是相同，那便是"知未知"。文章的最后，主办方饶有趣味地拍摄了这样一组照片，在他那幅尺寸接近《格尔尼卡》①的巨型油画上方，展馆的彩绘玻璃高窗上画着人类理应相知相爱的美好愿景，透过牵手与拥抱的人们，几束颇有拯救意

---

① 《格尔尼卡》，毕加索创作的巨型油画，长 7.76 米，高 3.49 米。

味的蓝色的光流泻下来，轻轻缓缓地落在他那幅《难以言喻的受难图》的夜色当中。

我合上画册，孤身一人待在书房，沙发软塌塌的，我躺下来，仍觉得那夜色漂浮在眼前，与窗外真的夜色慢慢重叠，融为一体，有关秦恽的记忆，也就在这时慢慢涌上心头来了。

秦恽大概是三十岁那年离开的故乡，我记不大清了，总之他从此音信全无，再也没有回来过。而那会儿的我差不多是十四五的样子，终日里游手好闲，穿着一件我父亲的早已掉色的松松垮垮的大背心，拿着根狗尾巴草像只风筝似的在街头巷尾晃来晃去。有时我坐在长长的清澈的河道边，耷拉着双腿，灵活地用脚趾头夹着拖鞋转来转去，无所事事地望着一群灰不溜秋的水鸟从河道这头飞到那头，或是听着不远处那些个长得像红泥烘烤出来的椭球形妇女们叽叽喳喳地嚼着家长里短的故事，一边看她们没完没了地在河道里洗这洗那，我觉得她们好像一辈子的活计，就是扎根在水里，把脏衣服拿过来，把干净衣服晾回去，再拿过来另一堆，再晾回去。有时我也不总是这么百无聊赖，也会给自己找一些正经营生做，比如顶着太阳蹲在地上，看两只土狗交配，等它们酣畅淋漓地活动完，屁股与屁股对在一起难舍难分时，我就守在一旁，看哪个不长眼的走过来准备扔石头将它们强行分开，我就跳出来，扯紧弹弓，瞄准他的脑袋告诉他："你个杂种！一边去。"但不是每次都会成功，也有我打不过别人的时候，我那件松松垮垮的背心就是这样才越来越松松垮垮的。幸运的是，他们把我按在地上揍我时，基本也就忘记了狗狗的那回事，通常他们会站起来骂骂咧咧地啐我一口，接着气汹汹地走开，所以被我保护下来的狗狗不计其数，它们很感激我，见到我总是跟在我后面跑，我停下来，它们就在我的腿上蹭来蹭去。它们生的狗狗也越来越多，后来我出行时，身后总是跟着浩浩荡荡的狗群，我再对别人说"你个杂种，一边去"时，就没人敢揍我了。

我母亲说："现在全世界都知道你成了'狗大王'。"

我颇感自豪，以为她是在夸我，不料她接着说："你每天这般摇头晃脑的，不安心读书，你以后指望着你的狗崽子们养你吗？"但她随后觉得这话像是在骂自己，便冷冰冰地补充道，"你也打算成为像秦怿那样的人吗？"

她省略了一些字眼，可能是不想把难听的话用在自己孩子身上，于是希冀我凭借可怜的自尊心和微小的智慧去领悟其用意并改过自新。我知道她要表达的意思，她想说："你也要成为像秦怿那样无所事事、被所有人耻笑的人吗？"

大人似乎全都一样，总爱教训人时找典型，找好的典型，也找坏的典型，而秦怿就是我们那儿尽人皆知的、不务正业的杰出代表。虽然我和他并不熟识，但我十次有九次挨批评时，他的名字总是率先跑到我的耳朵里。

"变成秦怿那样，又有什么不好的？"我说完，便赶在我母亲抄起笤帚准备抽我前跑了出去。

我对秦怿的印象多半就停留在诸如此类的他人的揶揄中，从我母亲的嘴里以及河道那些妇女的叽叽喳喳声中。我愤愤不平地想要立刻见见秦怿，此愤愤不平绝非打抱不平，而是我觉得他抢走了本该属于我的"头衔"，让我成为了第二等的无所用心之人。我迫切地想看看他究竟有什么挥霍生活和浪费时光的真本事，让十里八乡的所有人，一致认为他是反面生活的如此鲜明的例子。

没过几天，我便迎来了和秦怿的第一次交锋，就在我常来常往的那条河道的东边的树林里，我之前有几次闲逛，偶然遇见过他，但都隔得较远。他出现在树林边缘，一般是天气极好的时候，也或者是黄昏，或者是雨将下未下的时候，那边正好有一处水泥堤坝，地面平坦开阔，且四周安静，非常适合神游。于是我挑了个阳光明媚的下午，怀揣着对游手好闲的前辈的尊敬，壮着胆子走了过去。他正独自待在那儿，像个刮墙工似的在一张画布上涂涂抹抹，见我走来，他随意地瞥了我一眼，接着又专心地调起颜料来。我站在他身后，一时不知如何是好，同时也为自己被忽视而感到苦恼和气愤。又过了一会儿，我看他依旧没什么想先开口和我说话的打算，只是一个劲儿自顾自地画画，我便得寸进尺地去不远处找了两块砖头回来，垒成方凳，明目张胆地坐在他旁边。这次他颇感诧异，停下画笔，疑惑地看我，我也倔倔地盯着他，好像在说：怎么？不许人看吗？他似乎觉得好笑，但只是片刻，他又醉心于他的创作了。

那天下午，我们神奇地没说一句话，他忙于眼前的风景、水面宽阔沉静的河以及那些沙沙作响的树木，而我忙于观察他，看着他一点一点将目之所及留在画布。虽然我不能准确地评价他的画，但我由衷地感到好看，他似乎有一种魔力，能将眼前的风景变得朦胧、透明，也让我待在他身边的那个漫长的下午显得如此短暂。天空深远宁静，河水潺潺，闪着金光，洗衣服的妇女们来来回回，有说有笑，偶有小船驶过，也被他收录画中，他就像能看见许多我看不见的色彩似的，当他用画笔将它们点出来的那一刻，我才能真切地感到其存在。后来我在秦怿家阅读艺术类相关的书籍时，我明白了那种说不清道不明的感受是什么，那就是秦怿以一种绘画的形式唤起了我对美存在于何处的认知。

临近傍晚，云霞兀地增多，变得绮丽夺目，外出劳累了一天的男人们相继扎进河水，光着膀子比起游泳来。石桥上，几个小孩拿着蚰蜒互相叫嚷，不一会儿又随着水鸟不知跑到哪儿去了。秦怿看天色不早，便慢腾腾地收起画板，将画笔一支支清洗干净，裹进布袋子里，随后又逐一将用具放进树下的自行车当中，他收拾完毕，重又回到岸边站了片刻，这时，他才忽然对仍在砖头上坐着的我说话。

他说："小子，你有没有兴趣给我当模特？"

我抬头看看他，发现他系着的那件灰色帆布工服早已被颜料搞得乱糟糟了，其中一只口袋还开了线，在晚风中有一下没一下地飘忽着；他的头发同样乱糟糟，打着卷儿披散在耳廓四周，颇有几分放荡不羁的浪人模样，不过他绝非邋遢；他鼻梁高挺，容貌坚毅，戴着木纹眼镜，上方眉骨分明，当他沉默作画时，显得极为严肃、认真。说实话，我第一次这么近距离看他，反倒觉得他像个老派的教书先生。

他真的是大家口中不务正业的"行家里手"吗？为什么他和那些嬉皮笑脸拿石头打狗狗的那些人有明显不同？我想或许可以借着这个机会与秦恽熟络起来，便一口答应了他，并有几分市侩地问道："有没有什么好处？"

他知道这是玩笑，但还是郑重地告诉我："零食肯定管够。"他说完骑着车子先行离开，我站在他刚刚停留的水泥堤坝处，脚下还残留着五彩斑斓的颜料，这些色彩会在下次阵雨过后被冲洗干净。堤坝对岸，河水里的男人们也已陆续回家，河水归于宁静，缓缓地沿着夕阳落下的远山流淌而来。一弯如水汽般模糊的白色新月，渐渐在云霞散去后悄悄升起了。

我回到家时，天已经黑了下来，母亲正在院子的灯影中乘凉。她问我又去哪里要到现在，我没告诉她是和秦恽待了一下午，只是说沿河道看人捕鱼。

我知道她不喜欢秦恽，但还是试探着说了句："不过我路过东边的树林时，看见秦恽了。"

　　我母亲问道："他又在那里画画吗？"

　　我点点头。

　　她听闻便叹气，怒其不争地说："马上三十的人了，媳妇不娶，工作也没有，每天就只知道摆弄画笔，划拉些别人看不明白的东西，画画又不能当饭吃！咋就偏偏不愿意找个正经营生做呢？也亏着是他家里给他留了点小底，不然哪儿经得住他这么折腾。"

　　"他家里人不管他吗？"我好奇地问道。

　　"没有家里人。"

　　"人呢？"

　　我趁着母亲的话头，赶紧摆出痛改前非的姿态来，好叫她给我讲讲秦恽的事儿，以便我迷途知返。我母亲说，大概十四五年前，那会儿她刚怀上我，与现在人们把秦恽叫作"懒汉""游手好闲的青年"不同，那时候他是我们这儿远近闻名的画画天才，他父亲是美术老师，自小就带着他写生，画这画那。秦恽也确实有这方面的天赋和热情，当时还拿了许多比赛的奖项，不过后来到十六岁，他家里陡然生变，父亲和母亲离了婚，据说是他父亲和城里一个画画的女学生搞到了一起，也有说是和另一个老师的，众说纷纭，反正是给母子俩留了一笔钱就远走高飞了，很是绝情。他母亲本来身子弱，之后生了场急病，也没能救回来。这是在一两年间发生的事，接着到秦怿高考，老师说那孩子只去了第一场考试，他在考场里呆呆地坐了两个小时，一动没动，出来后就跑回家，将自己反锁了起来，可能就是那时候秦怿把自己与外界隔绝开了。他之后跟着外公外婆生活，到二十一二岁的光景，外公外婆也相继老死，他就成了真正的孤儿，也变得更加孤僻，终日里不言不语，待在宅子当中没日没夜地画画。起先的一两年，他母亲那边的几个亲戚也曾想帮助秦怿，给他找找工作什么的，但后来发现他确实无可救药，慢慢也就断了联系。我母亲说，十三四岁时人们愿意恭维一个画画不错的小孩为天才，等过了二十岁，却还没有一丁半点的谋生能力，只能混吃等死时，人们就不喜欢他了，也不愿意承认什么了。比起天生的坏种，人们更愿意相信一个天资聪颖的人沦落至此更具有警醒和教育意义。

母亲的话我当时没有全听懂，我只是打心里觉得，一个已然遭受痛苦的人，为什么还要被人们排斥和侮辱呢？人们失去同情了吗？等我再大一点，略懂世事人心后，我才明白，大概是那近十年的荒废生活实在太长，长到足以使人们忘记秦怿的过往，并转而将他的反面故事典型化、娱乐化了。人们关心的一直是当下的个体正以一个什么样的状态面对生活，而过往的苦痛，绝大部分时间与他人无关。悲剧的巨浪一旦过去，调侃就将日复一日地发生，人们每每见到他，总爱远远地招呼道："秦大艺术家，今天又去搞创作了吗？"而在背地里，有人叫他"懒汉"，有人则直言不讳地称他为"秦怪""废物"。尤其当秦怿到了快三十这个年纪，仍是光棍一个，人们就更加口无遮拦，有人嘲弄他道："大艺术家，你不想讨个老婆吗？你要跟你的画过一辈子吗？那开牌店的寡妇开口了，说你没事可以去找找她，她帮你解决解决生理上的需求，这也算为艺术献身。"秦怿最终在这样的打趣声中被描绘成一个玩物丧志的青年、一个异类。对他笔下的东西，其实没人愿意多瞧上一眼，除了将他作为共同话题的谈资外，人们能报以的只有不理解的戏谑姿态，毕竟毕加索是不是一个伟大的艺术家，在这里并不比晚饭吃炒豆角或是炖牛肉更重要。

母亲说："他是疯魔了，前些年，他日子实在过不下去，就变卖了自家的房子，期间听说他试着去城里打过工，不过能招揽的工作只是在街道上写写宣传语，画一些别人给他设计好的墙面画等等，有一次他实在忍不住加了自己的想法进去，结果被招工的人指着鼻子骂了一天，他就又回来了。

"他是赚不来安分钱的，"我母亲说着从藤椅里起来，"秦怿要是能放弃画画，哪怕去当个苦力，也不至于变成今天这样。"她教育我说，"你记住，人只有能赚钱，才不会被戳脊梁骨，知道吗？"

最后，她再次叮嘱我："你呀，还是少和那个秦怿有什么交集的好。"

我一时间心里五味杂陈，于是躺在藤椅上，佯装着说："知道了。"

不过转天天一亮，我就又偷偷跑去找秦怿了。我才不想丢掉这么一个消磨时间的好机会，何况无论是在岸边坐上一天，还是在秦怿家待上一天，对当时只想玩乐的我来说，并没有什么本质的不同。

秦恽家很容易找，只需沿着河道一路向东，过了树林，再走上大概二十分钟的路程以后，便会看见一座不小的寺院，秦恽家就在离寺院不远的另一条稀稀落落的街巷尽头。那是他外婆家的宅子，背靠一座绿荫团团的小山，后来他日子拮据，本要卖掉，但买主觉得这住处离寺庙太近，早晨还能隐约地听见撞钟声，赶上庙会香火又旺盛熏人，秦恽无奈，就卖掉了自家那处靠近河岸的风景不错的房子。

得知他家没有其他人，我放心大胆地敲了敲门钹，叩击声刚结束，秦恽即小跑着来开门，身上仍系着昨天那件灰色帆布衣裳，不过已经清洗干净，他拎着洒水壶，裤腿湿漉漉的。看见是我，秦恽格外开心，他立马将两扇深红色的院门敞开，一边招呼我进去，一边问道："想不到你来这么早，吃过早饭没有？"

我点头说："吃了白粥，还以为你在睡懒觉。"

秦恽说："以前没搬来老宅时，也是会的。"

我随后跟他走进院子，踏着湿润的青砖小路，碎步而行。沿途是斑驳的古墙，墙下秦恽拓建了一道宽宽的灌木篱笆，里面栽满了小巧的矾根①、清秀的玉簪②、翠绿的火母③以及金黄的绣线菊，落新妇从中不落势头地钻出来，探头探脑，好像在清早的微风里正和一旁似醒未醒的大花葱说着昨夜听来的秘密。古墙因为有了年头，壁面早已剥落，一副饱经沧桑的模样，秦怿于是在墙上钉了些不起眼的螺丝，用铁线牵引，将沿墙地栽④的爬藤月季固定住，剩下的细长藤蔓便贴着墙壁攀缘生长起来，直至一朵朵淡雅清香的粉色龙沙宝石铺满整面墙壁，使得原本厚重的古墙也变得清丽俊秀起来。秦怿说："因为习惯了早晨给这些家伙们添添水、修修枝，就改掉了睡懒觉的毛病。"

我们沿着"回"字形从东边的花园走去西北两间相连的大房，迈上几步石阶，青砖小路被宽敞的木地板所取代，以此覆盖两房前用以踱步的日常区域。平时秦怿居住休息都在

---

① 矾根，又名珊瑚铃，色彩缤纷艳丽。

② 玉簪，又名白萼。秋季开花，色白如玉，未开时如簪头，有芳香。栽培供观赏。

③ 火母，景天别称。夏秋开花，伞房花序，花白色至浅红色。

④ 地栽，一种栽培方式。

北房，西房以前是一间粮仓，如今变成了他的画室。北房即向阳的正房，青砖灰瓦，木柱结合，高高的房檐上平时总有些许燕雀驻留，啁啾良久，才飞去后山。屋檐底下，是还未敞开的七八扇松木槛窗，罩着玻璃，看不清里面的情况。窗前，秦怿则搭设了几只梯形花架，用来摆放数十种形状各异的陶盆，里头栽种着各式各样色彩协调的花草，秦怿说陶盆都是他从城里的二手市场淘弄来的。

在整个庭院的正中，青石板被尽数起掉，修出了一片平整的可供望天的新绿草坪，边沿围着细碎洁白的植金石与鹅卵石，在明媚阳光的照耀下闪闪发光。从西房到南墙的小路上，秦怿又种了几棵青松、樱桃，废弃的青石板则在西房墙根与南墙相接的地方搭了个池塘，风停下来时，能听见鱼儿扑腾戏水的声音。整个庭院，从东边的青石小路到西边的鱼池，星罗棋布着金铃花、地柏、兰花、石榴、无花果、海棠、牡丹、芦荟等等，多而不乱，密而不杂，将整个庭院装点成一个绿意葱茏、让人啧啧称赏的私密花园。

秦怿告诉我："这宅子以前是三间大北房，后来我一人搬来住，觉得实在凄清冷落，就拆了东厢房，拓宽院子后建了那边的花园，又修了中间的草坪。西房因为是粮仓，比较破烂，窗户小，采光也不行，没办法待人，就索性从里到外翻新了一遍，改成了画室。"

我琢磨了会儿他的话，但还是没弄明白，于是问他："我说你是不是糊涂，你为什么不推了粮仓？这样留下东厢房，住人也好，当画室也好，不是更方便吗？"

秦怿看我直言直语，先是愣了下，随后若无其事地答道："是更方便，不过因为我不怎么喜欢，就给拆掉了。"

我没想到他的理由如此简单，好像推掉一间房子在他看来就跟剪掉一片树叶似的，我说："你真行，不喜欢连房子都要拆。"

秦怿笑了笑，拉来一把木椅，叫我在画室前先坐会儿，好去给我倒点茶水喝。我靠在墙边，心里想着怎么有这么奇怪的人，我母亲或许说得对，好在他家里给他留了点儿小底，不然哪儿经得住他这么折腾，明明有现成的不用，偏要翻新旧的，不用也就算了，还要拆掉弄出个花园来。不过我转念一想，这总之是他自己的家，外人又有什么评说的权利呢？况且这花园建得的确不错，让人赏心悦目。我继而觉得秦怿是个很有个性的人，对他这种随心所欲的做事风格，我不由得感叹：秦怿的确是不务正业的行家，相较于我这种只懂得在河岸边浑噩度日的人来说厉害太多，起码我是不敢拆了自家房子的。

　　之后我们在庭院的圆桌上喝了几杯清茶，吹着宜人的小风，风里杂糅着清新的草木香气。后山鸟鸣啾啾，伴着泉水叮铃之声隐隐传来，飘过花墙上空，向着不远处寺院佛塔的尖尖飘去，我看着眼前的一切，忽然觉得自己的心没有那么浮躁了，好像心里正生出一株小小的植物来，在慢慢生根、发芽，接近自然。秦怿坐在圆桌另一侧，手捧着茶杯，置于腹前，同样在仰头望天，他袖子挽起，露出小臂，血管分明，很是精瘦。他当时给我一种感觉，在我并不很长的人生经历中，我见过的那些无所事事不务正业之人，还没有一个像秦怿这样温柔谦和的，他没有因为我是个不经事的少年而怠慢我，也没有因为自己年长几岁就侃侃而谈、虚张声势，我甚至感到他的双眼总是湿润的，不经意间便会流露出转瞬即逝的悲悯神绪来。

　　"当模特很枯燥的，得一直坐在那儿，既不能去河边溜达，也不能下水抓鱼，你居然会对这种事情感兴趣。"秦怿忽然转头说道。

我说："你又怎么知道整日沿着河边散步就不枯燥？在哪儿待着不重要，重要的是有没有新鲜感。"我真为自己说出这么漂亮的话高兴，其实我本意是想告诉他，我只是单纯来观察他"虚度光阴"的，"何况是你先问的我，我还没问你为什么要我当模特哩。"

秦怿说一是他接下来刚好想要画些与人物相关的作品，二是我昨天居然可以在他身边坐上整整一个下午。

我问他："这有什么关系吗？"

秦怿喝口茶，说道："自打外公外婆去世，这么多年，还没谁会在我身边待上这么长时间。"

他语气平淡，并无感伤，但我不知为什么，却体察到一种此前并未有过的孤独，就像空荡的山中，猛地下起雨来，下到水雾弥漫，白茫茫一片。

"我就想，这小孩有点意思，要不问问他，给他画幅画吧。"秦怿说着将杯子放在圆桌上，又添了些茶水，"而且我认得你，你走过来时我就认出你了。"

我惊讶地问道："什么？你怎么会认识我？"

"我早就听说谁家有个穿背心的小孩，喜欢趿拉着拖鞋东跑西颠，闲着没事就蹲在太阳底下守护狗狗，以免它们受到伤害。"他假装重新打量我，"那个人，难道不是你吗？"

我有些羞愧地低下头，以为接下来他会像我母亲那样教导我一番，但他非常温柔地对我讲道："你呀，是个心地善良、很有爱心的小男孩，我想狗狗们都很喜欢你吧。"

秦怿的话虽轻，却像一股暖流。他是第一个这样夸奖我的人，我攥着衣角，开心地直点头。

我们接着又呡了两三口茶，聊了几句不打紧的话，秦怿便站起来，活动活动身子，他说："走，带你看看画室。"

他说完推开西房的木门，我跟上去，立刻闻到一阵特殊的松香味，秦怿说："是松节油的味道。"

他的画室有点像从前的老厂房，宽敞、简单，只剩有四面墙壁，打着新的青灰色混凝土，虽然素面朝天，但却沉稳自然。我想，如果花园给了秦怿思考的自由，这一方天地一定给了他创作的专注。他的画桌居中，桌上放着他平时的绘画工具，各类颜料、刮刀、调色板以及摆置整齐的画笔等，桌下是三四个他外出写生所用的画箱、一些废旧瓶罐以及一大堆破布和旧报纸。桌子一边，立着固定式画架，微斜，朝向开阔明亮的窗户，窗户下搁着一只不大的横式木柜，上面放着白色半身石膏像，此时正歪着头沐浴在淡金色的光线之中。它眼神忧郁地瞥向肩膀一侧墙角静物陈列柜里的另一座白色石膏像。在陈列柜右侧，墙上挂有几幅秦恽的油画作品，有静谧的森林、屋顶与田野、渔民的夏日和粉色瓶中的菊花，其中位置显眼、居高而放的则是一个陌生女人的画像。

秦恽推开窗，挪走横柜，出门找了张木椅回来，他放在窗下，可能正在思索构图，他说："也不需要太复杂，你坐在这儿吧，我们画一幅《清晨窗边的男孩》怎么样？"

我说："都听你的。"

秦恽说："等我绷一下画布。"

他退后几米，又打量打量窗子与木椅的位置，接着转身绕过画桌，去对面的密集柜底下取来画布及框条，那密集柜也是他自制的，无比巨大，差不多遮挡了整面西墙，里面侧插着他这些年来完成的几百幅作品。

秦恽收拾好画桌，腾出一点空间，开始裁剪画布，我则径直走向静物陈列柜，沿墙壁从左往右看起画来。秦怿的画大多光影鲜亮、色彩丰富，既有暖色调的村庄，也有清新干净的森林；有起伏在秋季田野中的红色屋顶，也有夏日的渔民在瓦蓝的天空与荡漾的水波间劳作。他笔下的风景如此生动、流畅、轻柔，让人不觉放慢呼吸，好去感受自然的美妙与洋溢其间的生活气息。

我随后将目光投向那幅陌生女人的画像，她鹅蛋脸，长眉弯弯，梳着复古卷发，穿着蔷薇色与薄绿色相间的翻领连衣裙，手戴玉镯，正优雅地倚靠着书桌坐在蓝色的窗前，她露着额头，眼神飘往画外，似乎在沉思缅想些什么，自然的阳光落在她身上，给人一种美好的亲近感。整幅画色彩浓郁，有一股东方的情调和女性独特的柔美与含蓄。

秦怿装好画框，见我仍伫立画前，便走来我身边，跟我一起仰头观看。

我不禁赞叹："她真的好美，像电影里的人那样美。"

秦怿也点头说："是呀，而且她是个很温柔纯真的人。"

我好奇地问道："你画的是谁？"

秦怿说："是我母亲。"

他说完走到画架旁，将画框固定好，示意我坐到木椅上，接着他拾掇起颜料和画笔，将它们拿到触手可及的位置。我倚靠墙壁，不经意侧身将手臂搭在窗台。

秦怿看向我，像是发现了什么，他笑着说："这个动作还蛮适合你。"

他立马跑过来，撤去椅子，重又把木柜拖回来，他叫我像刚刚那样侧身贴墙而坐，因为木柜比椅子稍高，我不仅可以微微荡着脚尖，还能交叉手臂伏着窗台望出去。

他稍微帮我调整下："这个角度正好，光线也不错，"他说着走到画架后，隐藏起半个身子来，接着探出脑袋，对我讲道，"那我准备画喽。"

我说："好。"

我随后像个被点了穴位的人，双臂搭着窗台，一动不动地坐在木柜上。我发现人一旦固定死，连头都不能乱动的话，那留给眼睛的视野着实少得可怜。我只能在眼珠许可的一丝天地间，一会儿看看花墙上的月季，一会儿瞅瞅草坪上的石子儿，一会儿瞥两眼佛塔尖尖，一会儿又望着天上的一朵小云，眼看它一点一点慢悠悠地从左眼角飘到右眼角，直至飘出视线范围。

　　等我实在看无可看，我就觉得自己好像真的什么都看不见了，可听觉又异常地灵敏起来。我的位置没法轻易观察秦怪，但我听见他的画笔唰唰地响着，时而快，时而慢，时而缓，时而急，时而停下换笔，时而又有胳膊碰到桌子的声音。我还听见风吹过树叶，鸟落在树枝，花瓣飘进池塘，我听见了打铁声，牛儿的哞哞声，我甚至还听见了千米之外妇女们的捣衣之声。

　　之后，我连听也听不见了，可思维又异常活跃起来，我开始为自己的愚笨感到苦恼，我本该猜到那幅陌生女人的画像就是秦怪母亲的；我为自己救下那么多狗狗感到自豪，尽管也没少挨别人的揍。我左想想春天开花，右想想秋天结果，往前想想秦皇汉武，往后想想地球人大战外星人，一会儿想着以后当个科学家，一会儿想着当个废品回收员也不错。想着想着就变成了自己是谁？从哪儿来？从娘胎里来。到何处去？到坟墓里去。灵魂是不是永生？天堂究竟多高？地狱究竟几层？时间有没有长短？宇宙有没有尽头？我无力地感到世间变得浑然一片，什么都看不清，什么都摸不见了，只身轻飘飘的，如入幻境，只能在混沌中穿行。

不知过了多久，我终于听见混沌那头似有梵音在响，如旷野回声，启示之到来，我尽力去听、去感受，生怕错过，我想我大概是要即身成佛、脱离苦海了吧。谁料那尽头的光猛然一闪，混沌虚空訇然中开，有一个声音分明在说："喂，喂！小子，醒醒。"

等我回过神，摸摸湿润的嘴角时，才发现秦怿已握着画笔笑得前仰后合："你睁着眼睛睡着啦？我说画着画着，怎么感觉眼前这人跟没了活气儿一样，结果打起鼾来了。"

我仍有些蒙蒙的睡意，不过立刻打起精神、摆好姿势跟他说："你继续画，我不睡啦，我也不知怎么就睡着了。"

秦怿轻轻放下调色板，收好画笔，他笑着说："是不是要比你想的枯燥许多？也是辛苦你，快中午啦，回来再画，咱们先去吃饭。"

我听到终于可以活动，立时从木柜上跳下，甩甩麻酥酥的手臂，问他："吃啥吃啥？你要做饭吗？"

秦怿说："咱们去吃些斋饭吧，怎么样？"

"好呀！吃斋饭好，我喜欢，顺道还能溜达一会儿。"

我告诉他，"你知道吗，我刚刚感觉自己梦见佛陀了，真的！我差点就快悟了，都怪你！"

秦怿像信了一样，配合着说："哎呀，那真不该叫醒你，罪过、罪过。"

我跟着他往门口走，突然想起落了件事，便折返回他的画架，看看他进度如何。他已经用铅白和土质色完成了打底，开始着手色彩和质地的表现了。我装作认可地点点头，走到他身边时，我说："画画真是很美妙的一件事。"

他有些诧异地看着我，继而伸出大手轻柔地摸摸我的脑袋，什么也没说。

我们走出宅院，并没有选择巷路，而是绕到后面的小山底下，秦怿在山脚前围了片园子，里头种着点瓜果蔬菜。他说大多时候还是自己做来吃，偶尔才会去寺院吃些斋饭。接着我们沿松动的石阶拾级而上，穿行在幽幽树林之中，虽然阳光猛烈，但林间只伶仃地落下几点光斑，同树影一起，微微摇动，偶有蚊蝇随飒飒风声飞来，摆三两下手也即散去了。

这座秀气的小山是由昌乐寺后边的大山延续而来，走了没一刻钟，已能透过树枝从高处望见寺院全貌。我和秦怿顺小路下山，沿红漆蓝瓦围墙走到题有"阿弥陀佛"的寺院正门。昌乐寺的第一进院落便是天王殿，时节未到庙会，拜佛的人只八九个。殿门大敞，门前放着香案，两旁立柱挂有楹联：大肚能涵，断却许多烦恼障；笑容可掬，结成无量欢喜缘。

在天王殿院墙两侧，各有一扇可跨入主殿院落的耳门。推门而入，第二进院落变得尤为庄严宏阔，东配地藏殿，西配伽蓝殿，青砖铺地，明柱素洁，香烟缭绕于石狮翠柏之上，燕雀飞舞于雕梁画栋之间。院子正北，壮丽的三层大雄宝殿高高矗立于仙台，背靠青山，依势而起，颇有冲顶霄汉、缭纱云端之感。

我和秦恽在主殿的院落兜了会儿，秦恽边走边说："这寺院始建于唐，后来年久失修，成了残垣，到清乾隆四年，来了位高僧为其筹款新建，取名昌乐，不过光绪十七年时，金丹道暴乱①又把这寺院烧毁了，民国八年才重修一番。"

我问秦恽："金丹道暴乱是什么？"

他看看地藏殿门前那对儿陈旧的石狮，随后像个说书先

---

① 光绪十七年冬十月，热河地区爆发的以金丹道为首组织的武装起事。

生耐心地给我讲起历史来，一会儿讲在理教，一会儿讲武胜门，讲不堪欺压的汉族外来户，也讲反抗蒙古王公的斗争。我挨在他身边，渐渐听得入神，末了竟觉得这古刹原来经历了这般沧海桑田，从前我都只当它是个举办庙会以供我游玩耍乐的场所。

"你这都是打哪儿听来的，怎么知道得这么详细？"

"这不是听来的，是在地方志以及历史研究的书中读到的。"他转而问我，"我光顾着自己讲了这么多，你有没有觉得这些故事很无聊。"

我摇摇头："才没有，这可比待在岸边听那些妇女们叽叽喳喳说三道四有意思！"我打趣他说，"你要是有空还可以多给我讲讲，秦恽老师。"

我刚说完，木梆声从深处传来，不多时，僧侣们从大雄宝殿一层的念佛堂出来，秦恽说："梆响过堂，还是先吃饭要紧。"

我们说着走去大雄宝殿后的最后一进院落，院内三圣殿背靠着主殿，上书楹联："明星朗现，转正法轮，狮吼雷音醒世界；慧日高升，登宝莲座，慈云法雨润群生。"除三圣殿，秦怿家花墙上空能望见的佛塔也在此院之中，塔下分别排有客堂、斋堂及僧寮，僧众们此时正依次进入斋堂，我和秦怿跟在后头，不再言语。

斋堂并不很大，四壁空空，除了十几排桌椅外再无他物，住持和尚坐在斋堂法座之上，其余僧侣则两边就座，我和秦怿及其他几个过来吃斋的人在出家师父下首。全部坐定后，进行二时临斋仪，行堂僧人提着提篮过来分发饭菜，同时维那师引领众僧人诵念起了供养偈：

"供养清净法身毗卢遮那佛，圆满报身卢舍那佛，千百亿化身释迦牟尼佛，当来下生弥勒尊佛，极乐世界阿弥陀佛，十方三世一切诸佛，大智文殊师利菩萨，大行普贤菩萨，大悲观世音菩萨，大愿地藏王菩萨，诸尊菩萨摩诃萨，摩诃般若波罗蜜。三德六味，供佛及僧。法界有情，普同供养。若饭食时，当愿众生。禅悦为食，法喜充满。"

接着维那师独自唱道："佛制比丘，食存五观，散心杂话，信施难消。诸师闻磬声，各正念——"

我和秦怿及众僧人共念道："阿——弥——陀——佛——"

我对斋食仪轨如此了然于心，是因为在我们这个山水小地儿，除去捕鱼打牌、洗衣做饭外，人们平时最大的爱好和进行最多的日常活动就是来寺院烧香拜佛，小的时候，我就常跟母亲或巷子里的其他人过来吃斋，我自然也知道"龙含珠"与饭前三念，那左边一口饭："愿断一切恶。"右边一口饭："愿修一切善。"中间一口饭："誓度一切众生。"念毕，我才吃起菜盘里的粉条白菜。

用斋期间无话，我也没怎么看秦怿，只专心吃饱，不发出声响。添过一碗饭后，我和秦怿默坐，一直等待僧众唱完结斋偈："……所谓布施者，必获其利益，若为乐故施，后必得安乐。供佛已讫，当愿众生，所作皆办，具诸佛法。"

结斋后，我和秦怿走出斋堂，他在功德箱里放了些钱后，我们寻了处青松石椅坐下，好消缓一下食。秦怿望着大雄宝殿上的晨钟，他说："没想到你小小年纪对用斋礼仪如此熟悉。"

我说："耳濡目染惯了，不熟悉才怪，咱们这儿毕竟十个大人里能有八个喜欢求神拜佛。"

秦怿点头："那倒也是，我像你这么大时，也总跟外公外婆来寺院。"

我有些莽撞地问他："他们也喜欢求神拜佛吗？"

"还好。"

"那你呢？"

秦怿说："我没有，我只是偶尔过来吃吃斋饭，喜欢和师父们聊聊天罢了。"他听出了我言语间颇有微词，于是问道，"你好像对求神拜佛有些成见？"

"我是感觉奇怪，说不上来，说不上来佛对这些靠打鱼卖菜为生的人有什么用。而且，我又不是没见过那种人，前脚还拿着石头准备打狗，后脚就进了寺院一脸虔诚地烧起香来。我母亲平时没事也总求菩萨，今儿求求这个，明儿求求那个，好像菩萨是她家的富贵亲戚一样。"我转头问秦怿，"你说，佛是什么？"

听我说完，秦怿不再看晨钟，他沉默了会儿说："你人虽小，想的事倒是蛮多。"他侧过身，微靠石桌，"我刚刚想起一则很有名的公案，要不讲给你听听？"

"好呀！你说。"我迫不及待地支起耳朵。

秦怿见我正襟危坐，不觉笑笑："也不是长篇大论的故事，"他讲道，"在唐朝时，有位禅师叫洞山良价①，有天他在库房秤麻，来了个僧人问他，和你问的问题一样，他说，'良价禅师，什么是佛？'"

"禅师怎么说？"我往前凑了凑脑袋，好像答案近在咫尺。

"禅师用眼前之物回答他，'是麻三斤'。"

我没有说话，仍聚精会神地等着秦恎往下讲，没想到他说已经讲完了，我觉得好气又好笑："这算什么话？这么敷衍，佛怎么会是三斤麻？麻秆吗？"

秦恎摇摇头，他不觉得荒唐，而是解释说："不是敷衍，禅师的意思，我想大概是说——你呀，寻佛也好、问佛也罢，还不如先看看自己能不能做到觉真相止烦恼，打叠清尘意想，截断计较得失，既不向外，更不向内地去揪着'佛是什么'追问是是非非，等时候到了，可能就证悟于心了。"

我努力跟上秦恎的思路："那既然佛需自证自悟，人们还何必求神拜佛？"

秦恎说："那是因为人生一来艰难，二来证悟需要时间

---

① 洞山良价（807—869），俗姓俞，会稽诸暨人，晚唐佛教禅宗大师，曹洞宗创始人。

和慧根。芸芸众生，恐怕大多数还是希望能不费周章地求得外力吧，烧香上供也好，拜佛求签也好，能通过一句'佛祖保佑'扫清恶缘，得来善果。这是懒惰地把拜佛当成工具了，当成跨越苦海的捷径了，虽说不可取，不过也很容易理解。"

他接着谈论道："只不过人生的业障并不会靠拜佛就能化为乌有，该遭的罪一样要遭，该走的路一样得走，始终还是得凭人自身的智慧和勇力去脚踏实地地破除。菩萨能做的，也仅是指点些迷津，至于能不能感应，还得看个人造化。"

"比如呢，怎么指点？"

"比如佛菩萨看到的，知道的，也暗中帮助你的，不一定就是叫你不受苦难。"

秦怿这话足够我思考一段时间，我看着脚下的青石板，忽然觉得人生的路像是由石板上的一条条裂纹组成，接连不断，绵延远方。

秦怿耐心地跟我解释着他的一些看法："当然不是否定求神拜佛，佛教本身是因果论的无神论，讲行善积德才路自宽行。拜神，是拜大智慧；求神，也该是为一些实在无法解决的困难而求，像父母生病，祈求健康，连年大旱，祈求多雨等，发愿后，随它去好了。如果说当真是至亲得了绝症，到了山穷水尽、走投无路的境地，那求神拜佛，其实也就是最后那点儿渴望亲人能活下去的信念，怎么不能求呢？再比如无损他人，有益众生的，即便是求财，为了更好地造福一方百姓，也该多多地求，大大地求，又有什么问题？"他拿起石桌上的一片叶子放在手心，"因果相应，才求福德得福德，求平安得平安。"

我看看正低头摆弄着叶子的秦怿说："真难想象你不是个出家人。"

秦怿笑了笑："只是些跟师父们交流得来的浅显感悟而已。"

我们又坐了一小会儿，感觉消化得差不多，刚准备起身往回走时，一个在主殿香炉前上完香的男人看见了我们，他有点驼背，穿着草鞋和布裤，一双灰溜溜的小眼睛一会儿看看秦怿，一会儿看看我，接着又看看秦怿，好像有什么话要说，又什么都没说，最后低着头往别的殿去了。

我和秦怿走出耳门，我说："刚才那个男人为什么一直盯着你看？"

秦怿明白那人的意图："嘻，他每次见我都要当面奚落我几句，只是现在场合不合适，也就闭嘴了。"

他这么一说，我才想起来没认识秦怿前时常在路上听见的那些有关他的嘲弄声，我问秦怿："他们奚落你，你不生气吗？"

秦怿无所谓地耸耸肩膀："没什么生气的，嘴长在他们身上。我有时过来吃斋饭，总能遇到那些喜欢拿我开心的人，只是在佛堂前，就算和他们擦身而过，他们也不大会说一句我的玩笑，这说明在他们心里还是知道这样做不好，"我们走到寺院门口，秦怿说，"不过迈出这扇门，就回到了俗世，贪、嗔、痴也就跟着回来了，俗世有它自己的乐子，随他们去吧。"

我们沿来时的小路往回走，一钻进树林，我就种与世隔绝之感，好像全世界只剩下了自己。我问他："秦怿，你不孤单吗？我有时候只要连续几天都在河边，就会觉得无趣。"

秦怿说现在的生活对他而言没什么不好的。

"可他们说你是玩物丧志。"

"从他们的角度看，他们说得没错。"

"他们还叫我不要向你学习。"

"我确实也没什么值得你学习的。"

"可是为什么？你又没做伤天害理的事，既没偷，也没抢，俗世有乐子，让他们去找别的乐子，他们凭什么总说你？"我没意识到，自己会这样的愤慨，可能是我忘不了刚刚在寺院见到的那个糟糕的眼神。

秦怿停下来，望着树上的一个鸟巢，自言自语道："我之前怎么没注意到它。"他像个孩子新发现了什么玩意儿，在树底下兜兜转转，仰头观察了半天后，他才来到我身边，看着我的眼睛平静地说道："其实无论你选择什么样的生活，'他们'在你的生命中都不重要。"

"那什么重要？"我追问他，因为那时的我觉得生活是由无数的"他人"组成。

秦怿只是对我的反问点点头，他望向山下，目光冷峻，似乎是用一种轻蔑的态度在说："做你自己，始终做你自己，让你成为你或许更重要。重要的从来都是你，不是他们。"

他没再说什么，低头往前走去了。我看着他的背影，仿佛看见了他在冷嘲热讽的围攻下依然屹立不倒的那股顽强力量。我们继续往小山下走，终于快看见菜园时，我的心比秦

195

怿还着急回画室，结果稍没留意，在松动的石阶上踩了空，一下摔到旁边的草丛中，秦怿马上扶我起来，看我咧嘴吸气，他紧忙问："是不是崴到脚了？"

我稍微活动下，感到脚踝处的刺痛，秦怿叫我先坐下，好替我看看扭伤是否严重。

他耐心检查完，舒了口气："没什么大碍，那么不小心。"说着替我拍拍裤子上的土。

"我是急着回去当模特，才走神了。"我笑着解释道。

秦怿听我这么说，脸上的担忧散去几分，他责怪我说："你怎么比我这个画画的还急，看来改天得画个爱岗证给你。过来，我背你下去。"

我摆摆手："没事儿，又不是腿断了，这么点路，背啥背。"

秦怿于是搀着一瘸一拐的我回到院子，我看见他家花园里那些喜人的草木，立刻觉得脚没多么痛了。

秦怿说："跟我进屋，给你涂点药水。"

他推开北房的屋门，我蹦蹦跶跶跟在后头，结果刚跳过门槛，一抬头立即被眼前的景象震撼得说不出话来，秦怿的家与其说还是家，倒不如说是座小型的图书馆。一眼望去，室内的客厅与书房早都没了分界，只两张素雅的老式木椅和一张低矮的方形茶桌置在山窗前，似乎还昭示着此处昔日原属于客厅。房子右侧，除一间卧室和狭小的厨房约占五分之一的面积外，整栋房子其他地方均被浩瀚的书籍填满，十几排高高的书架由西及东依次而立，里面码着上千本各式各样的图书，地毯上、墙裙边、椅子下方，散落的画册比比皆是，多到让人无法落脚。

我小心翼翼地跳到木椅前，拿起坐垫上勃鲁盖尔的作品集翻了翻："真没想到你家原来是这个样子，我上午只顾着看花园了。"

秦恺拎着药箱从卧室出来，他告诉我说，这些年大部分的花销，他都用在了买书和画画的材料上。

"这你能读得完吗？"

秦恺蹲下身子，打开药箱："基本都读完了，家人去世后，我每天除了画画和看书，也没别的活动了。"他随手拉来一摞书坐下，抬起我的脚担在他膝盖上，他替我擦净脚踝，涂了些跌打损伤的药水。我看着他沉着冷静的侧脸，忽然明白昨儿个下午第一次近距离观察他时，为什么会觉得他身上有一股老派先生的气质。

"我能在你屋里转转吗？"

秦怿拧好药瓶："可以呀，不过有点乱，好久都没打理了。"

我起身跛着脚挨个书架看过去，他的书又多又杂，包括各种文学小说、历史古籍、宗教哲学等等，但其中更多的还是艺术相关的书籍，建筑、摄影、雕塑以及放满五六个书架之多的世界绘画大师们的作品。秦怿的书桌在书架尽头，埋在墙角不易发现，上面同样堆满了山包一样的书籍。我坐到他的座位上，面前敞着一本英文画册，边上放着英汉词典，画册的空白区域被秦怿用红笔标注得满满当当，我拿起来随便翻了翻，发现每一页差不多都有他标记的长短不一的注释。

直到这时我才明白，秦怿或许不是什么游手好闲之辈，他只是把他生活中的大部分时间，心无旁骛地全用在了这里，在他独处的世界中，他有太多需要忙碌的事。

"我之前只听说你会画画，从来没人说过你家里这么多书，也没人说你爱看书。"

秦怿也开起了自己的玩笑："一个死画画的已经够招人唠叨，何必再多一个死读书的。"

我趴在他的书桌上，看着密不透风的由书籍垒出的"城墙"，不知为什么，感到一种巨大的安全。我抬起头，秦怿正在那儿捡起几本掉落的画册，我说："秦怿，我以后可以常来你这儿看书吗？"

秦怿听见我这么问，他特别开心："当然欢迎啊，你想看随时都可以来。"

他问我要不要去花园里歇会儿，我说我们还是赶紧画画吧，这都马上要下午了。

"你的脚？"

"没事儿，在花园坐着和在画室坐着还不是一样，走。"

我重回横柜坐下，保持上午的姿势，花墙的花微微颤动，花香随风飘来与松节油的气味融在一起。秦怿也回到画架后，再次画了起来。

临近日落，秦怿骑车送我回家，我叫他在我家门口前的一段路把我放下，分别时，他叮嘱我好好养伤，我跟他说："崴个脚而已，过几天就好了，好了我再去找你玩儿。"

秦怿说："等你下次来，给你做点好吃的补补。"

我说："一言为定。"

我转身独自回家，母亲正在外面的台阶上择菜，她见我脚步缓慢，问我怎么了，我说崴了脚。

她说："你一天天不是好淘气，又去哪里野到现在，中午也不知道回来吃饭。"

我说中午去吃斋饭了，她说跟谁，我说自己，她叫我赶紧进院子洗洗脸。

我走到菜园边，往水盆里倒水时，忽然想起件事来，我说："妈，你知不知道金丹道暴乱？"

我母亲说："什么金丹银丹的，你又从哪儿听了些胡乱消息，还暴乱？哪儿暴乱了？"

"没事，没有暴乱，太平得很。"接着我便一猛子把头扎进了水里。

我和秦怿就这样渐渐熟络了起来，之后的日子，隔三差五我都会往他家里跑，有时是去给他当模特，有时我们一起躺在院子的草坪上看书。我不太喜欢看那些文字繁多的，秦怿便带着我一本本欣赏大师们的绘画作品。如今的我回想起来，仍然觉得那是段快乐且弥足珍贵的时光，他有着太强烈的热情，聊起画来如数家珍，对那会儿还只知道黄加蓝变绿的我来说，我的艺术启蒙，正是从秦怿这儿开始的。他给我讲起古希腊与古罗马的建筑和雕刻，边讲《圣经》边讲乔托绘画中的人文主义，他喜欢马萨乔的透视、波提切利的忧郁和优雅，他讲起达·芬奇的传奇一生时，为其旷世的才情所倾倒，谈及米开朗基罗的激情与《创世纪》，他竟会泣不成声，说起拉斐尔的和谐、安详，他又忍不住躺在草坪上自顾自地小憩。他讲起贝里尼，讲起他的弟子乔尔乔内对风景画的贡献和对光的运用，他说后来有位叫伦勃朗的大师，把对光影的驾驭推到了极致，他接着讲起凡·艾克、博斯与勃鲁盖尔，他从文艺复兴带着我一路穿越巴洛克与洛可可，经由浪漫主义和写实主义后来到印象主义面前。在夏夜的晚风中，我和秦怿一幅接一幅地看着莫奈、塞尚、雷诺阿、卡耶博特以及凡·高的杰作，细心比对着毕沙罗《夜色中的蒙马特大道》与柯罗文的《巴黎拉马林咖啡馆》，我们去看莫里索绿色的春天，坐在西斯莱诗意而沉静的河畔处发呆。下雨时，我们躲进室内，欣赏着德加笔下轻盈的芭蕾女演员翩翩起舞，天晴时，我们出发去索罗拉的大海边和拿着帆船模型的小男孩玩耍，或是到充满异域风情的塔希提岛沐浴在高更《万福玛丽亚》的阳光与自由之中。我们忘记了在那儿停留多久，直至一艘洗衣船①带着我们离开，带着我和秦怿驶向下一个时代的第一座大山——毕加索，秦怿很钟情立体主义对物象的破坏与重合，而我则深深共情于毕加索"蓝色"时期中那些孤独与不幸的人们。

秦怿在我身边，陪我接连不断地翻阅着，在没有烦嚣的画廊中我们穿行万里。他跟我讲克里姆特的黄金，马蒂斯和夏加尔的色彩与爱，他也讲霍珀的寂寞，杜菲的天真以及蒙克的痛苦焦虑。我们有时清理桌子，展开浮世绘，看上一整天葛饰北斋与歌川广重的作品，或是躺在摇椅上，看桥口五叶、镝木清方与伊东深水的美人图。有时我们倚着书架，盘腿而坐，抽出这一本，放回那一册，阳光从松木窗照进来，照在两座书架间闪动着的细小尘埃上。我们翻开画集，一跃而进意趣盎然的林野，行至东溪看水，坐临孤屿听禅，看韩干的马、王希孟的山、马远的边角之景，看蓝瑛清淡妍静的山水，

————————————

① 洗衣船，位于巴黎蒙马特区拉维尼昂13街的一座肮脏的建筑物。19世纪到20世纪之交有一批出色的艺术家在此生活，并将其租为自己的工作室。20世纪现代艺术从这里起航，而这艘艺术大船的掌舵人正是毕加索。

项圣谟寓巧于拙的老树，看边寿民苍浑生动的泼墨芦雁，也看高其佩指画下情奇逸趣的花鸟鱼虫。换个书架，我们接着从元四家看到明四家，从清初四僧看到清初四王，从金陵八家看到扬州八怪，从渡海三家看到海派四杰，一山越过一山，一景连着一景，始终读不完，始终也看不够。

秦恽的这些画册，书脊大都开了胶，其中四僧之一的"八大山人"画集更是被他翻得稀烂，他说与其他画家不同，朱耷①的画让他感到了他自身面对命运时所呈现出的相似之处，他讲起《佛说八大人觉经》里的第五觉悟与第六觉知。

"愚痴生死，菩萨常念，广学多闻，增长智慧，成就辩才，教化一切，悉以大乐。"

"贫苦多怨，横结恶缘，菩萨布施，等念怨亲，不念旧恶，不憎恶人。"

---

① 朱耷（1626—约1705），字刃庵，号八大山人，江西南昌人，明末清初画家。与石涛、髡残、弘仁并称"清初四僧"。善书画，花鸟以水墨写意为主，形象夸张奇特，笔致简洁，凝练沉毅，风格雄奇。

我只似懂非懂地听懂一点，大概和前段时日我们吃斋后秦怿谈及菩萨指点迷津有些许关联，但我也并不往心里去，因为那时的我瞧见八大山人的画，只觉得他笔下的白眼动物[①]十分有趣。

　　"我明天要去城里买点书，你要不和我一起？"秦怿问道。

　　我坐在他的书桌前，正津津有味地看着丰子恺的《护生画集》，我从书海里抬起头："已经这么多书了，还要买吗？"

　　秦怿说他每隔一段时间都要去收集些新的画册回来，顺便再买点颜料之类的。我一想自己也很久没去城里了，便说"好"。

　　第二天上午，我和秦怿约在他常画画的树林附近见面。他骑自行车来接我，我们过了拱桥，到河道对岸去，沿着颠簸的石子路骑了片刻，经过尚未营业的牌店和早已散场的集市后，才拐上去往城里的主路。

　　主路并不宽阔，好在平整笔直，打眼望去，如同一座长桥架设在肥沃的苍翠田野之中，海浪似的绿叶随山风翻涌，

-----

① 朱耷笔下鱼鸟鹰雀，多是孤立于世，白眼朝天。

带着路两边吊索般的柏杨一起晃动。秦怿没什么心事，慢悠悠地踩着脚踏，嘴里哼着民间小调，遇到下坡，他还会清闲地倒蹬上几圈。我坐在后座，听着清脆的花鼓声和田间小虫的鸣叫，不时荡一荡双脚，又怕拖鞋不小心甩了出去。偶尔有拖拉机朝我们迎面驶来，突突突地卷起一阵烟尘，秦怿就俯身加速，冲出尘障，颇像一个骑马打仗的将领。

我们骑了有十四五公里，起伏的田野才慢慢消失，在穿过一座电厂和燃气厂后，热闹的城区终于显露出来。那时我很少来城里，虽然路途并不遥远，但也只有过年才会和父母到百货商场添置几件新衣服。与常在河道边看船和数着天空中的水鸟不同，我们沿途经过的一系列小超市、咖啡馆、花店以及影楼等等，都让我觉得新鲜好玩，像是到了一个更大更开阔的世界。

秦怿贴着路肩小心骑车，花鼓声不再能听清，耳边有的，只是人群交织而成的脚步声、低语声，以及偶尔响起的汽笛声。之后我们骑上一架并不高的三叉立交桥，桥下是银光锃亮的铁路运输线，正巧有列火车载着一厢厢煤块驶往远方，轧得铁轨咣当咣当响。我们顺着右侧的岔口下桥，在几座写字大楼背后拐进一条幽深的小巷子中，秦怿要找的书店，就在这儿了。

书店是个老式二层小楼，一进门有个胖胖的男人正搬着书下楼梯，他年近四十，坦着膀子，搭条白毛巾，嘴巴呼哧呼哧的，一副憨态可掬的模样。他刚把书丢在地上，转身又要上楼去，秦怿将他叫住："老陈。"

这男人自然是书店的老板，他看见秦怿，紧忙小跑过来，一边说着："你可有段时间没来我这儿了。"他还要说什么，却突然注意到我，"诶？这小兄弟是？"

秦怿搭着我的肩膀说道："是我最近结识的朋友。"他接着把我介绍给老陈认识。

老陈很是热情，伸出大手来和我握了握，他打趣我说："跟秦怿当朋友可是苦差事，老大不容易了，这小子怪得很。"

我玩笑着回他："是不大容易，秦老师懂得太多，上通天文，下识地理，什么都难不住他。"

老陈听了，爽朗地笑起来，他跟秦怿说："哎哟，你这小兄弟儿会说话，我寻思你只会没日没夜地闷头画画，想不到几个月没见，这都有人喊你老师了。"

秦怿笑道："你听他胡闹，这孩子人小鬼大的。"他关切地问老陈，"你近来店里怎么样？"

他俩互相寒暄起来，我则绕着当间儿四五个金字塔样的图书展台以及四周的书架看了看。老陈码的书有新有旧，但是旧书居多，纸张也大都氧化发黄，与其说是书店，倒有点像是藏经阁了，加之老楼房的古木梯子，棕木的横梁，埋在大楼背景之下的镂空小窗以及那些凑近看才发现挂着的细碎蛛网等，都让这书店有了几分古装武侠片的味道。而且那老陈光着膀子，毛巾披在裤腰，穿着苎麻束腿长裤，脚踩黑布鞋，难说不是个世外高手，保不准是布袋罗汉托生来的。我越想越没谱，就差想到即将要在江湖上掀起的一阵血雨腥风了。

正在这时，秦怿踏上楼梯，他朝我说道："我上去挑几本书，你来不？"

我回过神，看看架板角落的蛛网与落在书上的薄薄灰尘，总感觉这里藏着什么有趣的东西，我说："我先在楼下转转，等会儿上去。"

秦怿说："那你别乱跑，老陈，你帮我看着点儿。"

老陈蹲在地上，收拾着刚才丢下的书籍，他应了声，拿起几本册子，找到合适的书架塞进去。没多大工夫，他整理完毕，朝我这边走来，而我刚好找到本海盗与宝藏的冒险故事准备翻上几页。

"照常说他是个挺沉默的人，他整天带着架黄铜望远镜在小海湾一带转悠，要不就在峭壁上游荡，或是整晚坐在客房火炉旁的角落里，拼命地灌朗姆酒和水……"①

老陈的书有一股臭墨味道，我还没看几页，他便悄悄凑上来，一脸好奇地跟我打探起和秦忤相识的过程。

"秦这人，平常总独来独往，也不大喜欢说话，这么多年，还真没见他交过什么朋友，"老陈甚是自豪地补了句，"当然除了我。"

我跟老陈说："我是给他当模特，才慢慢熟络起来的。"我大致给他讲了下我在秦忤家度过的快乐生活，读书、吃斋、

---

① 引自小说《金银岛》。

一同修剪花园等，"秦恺对我可好了，经常带我看画，给我讲许多许多艺术家的趣事，偶尔还带我画上几笔。"

老陈往楼梯口瞅瞅，是另一个顾客下来。他很欣慰地说："秦真是除了画画一无所爱。"

我问老陈："你们很早就认识了吗？"

老陈抽出毛巾，往手腕上一缠："好早了，可有的说，"他说七八年前秦恺就常来他这儿买书了，"那会儿秦二十一二，比现在沉默多了，不爱看人，总低着头走路，有时还鲁莽地撞到其他顾客身上，每次他来，都得抱走一大堆画集。冬天下大雪，别人都懒得出门，他也跟往常一样，骑着车裹着大衣顶风冒雪赶来，冻得满脸通红，直打哆嗦，来了就问我，'老板，上次托你找的画册有了吗？'

"秦那时候眼睛冷峻得很，就跟那长了石头的山脊一样，我哪儿敢不给他找到，每次为他搜集那些听都没听过的画册，都赶得上你手里的这本寻宝故事了，"老陈说，"这么多年下来，七七八八的画家，连我都认识了不少。"

"后来他每次来，我都找机会和他聊聊天，慢慢也就知道了秦身上发生的一些事。他很少诉苦，我知道他境遇不好还是从别人嘴里听来的。"老陈忽然问我，"现在怎么样？他在你们那儿，还是不受人待见吗？"

我点点头："反正没什么人喜欢他，大家都觉得他不好，有些小无赖有时还会聚在他家巷口挖苦他。我妈妈他们都说他是游手好闲的败家子，连家产都败光了，就为了些没什么用的'鬼画符'。"

老陈听后，短叹一声，皱紧眉头为此苦恼："秦是沉浸在自己的世界里，压根儿不在意别人的看法，对他来说只要还能画画就够了。"不过老陈停顿片刻，又思索着说，"秦没什么世俗的野心，觉得悠然像个僧侣一样过一生没什么不好，但我想真到他该割舍某些东西的时候，不管是以此方式，还是彼方式，他都会重新上路的。这小地方，注定留不住他。"

"你说秦怿会离开？"我忽然像是预感到别离一样难过，不觉将书合上，听老陈继续往下说。

"猜的啦，也许他哪天内心不困惑了，就会敞开自己去迎接世界。"老陈猫着腰，透过纱窗望望远处高楼，他缩回身，又倚在书架上谈及往事，"大概是他外公外婆去世的两三年后，秦独自生活了段时间，有天晚上，他来书店找我，我去开门，发现他喝得酩酊，倒在地上，我好不容易拉他起来，看见是我，他就傻乐，我说，'出什么事啦？怎么把自己喝成这样，摔着没？'他一听有人关心，就开始大哭，拽着我胳膊，像是整个人在往下坠。我一边帮他擦眼泪，一边听他含糊不清地说醉话，他说，'老陈，我想我妈妈，唉，唉……我真的好想见她一面，让她看看，她儿子长这么大了。我也想我外公外婆，想我外婆做的饭，我好久没吃过，再也吃不到了。'他使劲儿攥着我手，哭得咳嗽，我听他哭，也鼻子一酸，赶忙拉他进屋，给他热点牛奶，他倒在沙发上，又咕咕噜噜说了一堆听不清的话。只有几句，他是在说'家里停电啦，乌漆墨黑的，我一个人坐在椅子上，心里难受，人呢？怎么都不要我了？老陈，你说他们怎么都走了？他们就这么狠心，独独把我一人留在啥也看不见的小屋里。'"老陈说到动情处，眼眶也跟着湿润了。

"第二天秦醒来，被宿醉搞得脸色憔悴，我给他熬些粥，和他聊聊心事，就是那段时间，秦变得消沉，他说他不想画画了。我问他为啥，他说是每天都活在巨大的痛苦和没有尽头的否定中，一到晚上，失落失望就将他包围。于是他逃避，在家撕烂画布，烧掉画笔，甚至连画架子也一并砸了。但他说，每次他都被一只无形的大手，一只被他称为狂热和仇恨的手抓回去，他被迫一次又一次拿起画笔，可一蘸颜料，他就愤恨，想再毁掉一切，我问他怎么会这样，秦说，因为他没办法接受。"

"接受什么？"我被秦忤的往事吸引，不觉问道。

"接受如今的自己走上绘画这条路全是源自他父亲的指引，那只无形的手，正是他对父亲的看法。"

"可他父亲走后，秦忤不是照常从未停止过画画吗？而且越画越拼命，他父亲不是在他十六岁时就离开家了吗？"

老陈唏嘘道："是啊，那是因为秦十六岁那会儿，错误地把父亲的离开归结成了是自己画画不好导致的，他以为只要不停地画，不停地画，画得足够好，超越所有人，有一天他父亲对他刮目相看，他就会回来。直到他母亲去世前，他都在一种期盼和仇恨中作画。"

老陈把毛巾从手腕上取下来，掸掸书架上的灰尘，就像掸掉一段记忆："等他母亲去世，秦就只剩下全然的悲愤和抑郁了，每天坐在画架前十几、二十几小时地不间断画画，与热爱这个崇高的词不同，仇恨才是具有更加原始、更加猛烈的力量，只是这力量要靠无休止地损耗自己来维持。后来他外公外婆也相继去世，秦变得心灰意冷，一个人跌跌撞撞又在世间走了两年后，到二十五岁这个关口时，秦就再也分不清手里的画笔究竟是什么了，"老陈说，"那是他跟自己内心对话的开始，也是他第一次反思艺术之于他本人活着的意义。"

"再后来呢？"我此前只觉得秦怿遭受了太多外部的毁谤，却从没想过其内心的挣扎要远比这痛苦得多。虽然我那时还小，但无数个单独在河边闲逛的日子已叫我能对内心世界的风吹草动略知一二了。

"再后来秦停笔了一年，在家安心读书，"老陈说，"我知道你家那儿有座寺院，我就跟秦讲，没事儿做的话，可以常去找师父们聊聊天。等什么时候他自己想通，他就知道该不该拿起画笔了，如果他还能再次拿起画笔，他就不必倚靠从前那股绝望的力量，而是——"老陈说着用手指摸了摸擦干净的书架，他侧身看看楼梯，认可地说道，"而是出自纯粹的爱。"

老陈说完，又将毛巾掖进裤腰，转身往柜台走去。我站在原地，琢磨了会儿，还未想得太深，秦怿已抱着挑好的画册从楼梯走下来："你看到什么有趣的书了吗？等你也不见你人。"

老陈则趴在柜台上，懒洋洋地拨弄着算盘珠子，他替我回应道："你这小兄弟被我拖住了，我跟他聊了会儿你的故事。"

"我有什么值得你们聊的，"秦怿说着往柜台走，他回头问我，"你要去楼上看看吗？"

我还没从刚才听来的经历中缓过神，自然也没什么看书的心思，只摇头说："下次吧。"

秦怿将选好的画册摞在柜台上，老陈一本本接过去，打着珠子算着价钱，秦怿站在一旁问他："上次托你问的事情，有着落了吗？"

老陈埋着头："有啦，你这事才难搞，人家八百年都没听说过还有你这业务，不过有几个兴趣倒是蛮大，说愿意试试。"

他算完书钱，蹲下身打开抽屉的锁，从里面拿出几千块交给秦怿，他又细心算了一遍，才说道："书钱我都从里面扣掉了，之前的几幅山景和田野画被人买走了。"

秦怿接过钱，也没数就揣进兜里，他跟老陈说："感谢感谢。"

老陈拿来布袋，替秦怿装好画册，我们往门外走，老陈边送边说："你到时骑车来我这儿接就行，我叫她在书店等你，你要是太忙的话，我就叫赶早集去你们那儿收菜的师傅顺道儿把她带过去。"

秦怿说自己先过来接，免得对方害怕，之后怎么方便再说。老陈送我们到自行车前，一再叮嘱我们回去时小心车辆。我们与老陈挥手道别，慢慢骑出巷子，大街依然人流涌动，不知从何处传来一声汽笛，将我和秦怿淹没在车水马龙之中。

我们没有沿立交桥方向往回走，因为还要去下一个地方添办些绘画颜料。我老实地骑在后座，踩着车脚架两端的螺丝，怀中抱紧布袋，袋口微微敞开，我忍不住好奇，翻翻里面的书脊，他买了几本沃特豪斯、莱顿、伊芙琳·德·摩根、柯里尔以及库尔贝的作品，我问秦怿："这些都是谁？"

秦怿说："除了库尔贝，其他的都是前拉斐尔派的艺术家，这次一并买来，看看他们对于女性角色的绘制。"

"又是老陈替你搜集的咯？"我问道。

秦怿想回头，但马上又专心看路，他惊讶地说："嗯？你怎么知道？"

我没回答他，仿佛又看见老陈讲的那个在大雪中目光如山脊般冷峻的男孩，那个在深夜中号啕大哭之人，以及那个因艺术而饱受痛苦折磨的青年，但我很难将这几个形象与眼前正安然骑车的秦怿联系到一起。我看看街边那些缓缓向后移动的店面，看看太阳照在汽车玻璃和大楼幕墙上反射的耀眼金黄，心里有一种说不出的滋味，像是穿越时光，走进了他人沉默却深微奥古的生命。

我抱着布袋，画册沉甸甸的，我忽然想起老陈刚刚交给秦怿的钱，于是倾着身子问他："你的画既然能卖出去，你为什么不告诉他们呢？你不是像他们说的那样无所事事，你有经济来源。"

我又一次在秦怿面前提及他们，因为我为忍耐嘲讽这种事感到委屈，我像是又听见母亲在我耳边说："你记住，人只有能赚钱，才不会被戳脊梁骨。"

但秦怿认为此事没什么值得与他人说的，倒不是因为几

216

个月都卖不了一两幅让他难以启齿，而是他明白人们现有的偏见，他很珍视那些从他画中触动了情感的购买者，所以不希望他们还要再被素昧平生之人冠以此种议论——"脑子不好吧，居然会花上小几百和大几千的去当冤大头。"

秦怿心底有许多诸如此类叫人不易察觉的温柔和敏感，他说："有人愿意为你驻足停留，甚至愿意为此花费真金白银，这些本身就是一种机缘，一种存在于画家、作品、欣赏者之间的理解，在我看来是很珍贵的东西。"

我沉默良久。不远处，一个小女孩拿着气球在痛哭流涕，大声呼喊着几米外因生气而假意离开的妈妈；几位卖红薯的老伯站在树荫下，抽着烟卷有一搭没一搭地聊天；加油站排满长队，中年司机们探着脑袋，孤独地东张西望；有个男人朝我这边看来，我在他沧桑的脸上，看见一种名为生活的东西。

我不知说什么好，只好岔开话题，若无其事地问道："我们还有多远到卖颜料的地儿？"但我心里在想，要是秦怿可以卖很多很多的画就好了，这样人们就会闭上那张除了吃饭只会非议他人的嘴了。同时我也在想，秦怿万一哪天真成了知名画家，那些曾骂别人脑袋有坑的人，会不会气急败坏地拍着大腿，悔恨自己当初没有买上几张呢？

秦怿停在信号灯前，他说："下个路口拐弯就是。"

他轻车熟路，到达画材店后并未用太多时间便挑选好所需的颜料。临近中午，街道饭香四溢，饥肠辘辘的人们开始觅食，敞开嗓子吆喝"进店看看"的服务员们，其嗓音甚至盖过了因堵车而狂按喇叭的小汽车。我和秦怿找了家生意火爆的手擀面馆，进去点了两碗汤面和三碟小菜，又各自要了听冰镇可乐。没多大工夫，店内的桌子全被占满，人声也愈发嘈杂，即使我和秦怿相对而坐，讲起话来也要提高几个分贝。我饿到不行，不如省力气不说，所幸这店上菜极快，面刚摆到眼前，我立马大快朵颐起来，吃几大口，加几勺辣子，还不够畅快，又找老板要了两瓣白皮大蒜。等一大碗热面下肚后，汗流不止，叫人直呼过瘾，我抬头看看秦怿，发现他的鼻尖和我一样挂满闪亮的汗珠。

走出面馆，秦怿带我去隔壁的超市买了些小零食，我们推车沿路肩前行，本作消食之想，结果又因贪嘴，多买了几串糖葫芦。我和秦怿边吃边笑，边笑边走，在来来往往、行色匆匆的人群中，我俩似乎找到了一种近乎天真的快乐。

快到下午三点，秦怿才带着我骑回来。路过牌店时，小寡妇正独自在门前收拾着昨夜的垃圾，她的店下午营业，现在窗户大敞，里头的男人们吞云吐雾，叫喊声和打牌声隔老远就能听见，小寡妇看见秦怿，兴冲冲地挥手喊道："大艺术家，又去买颜料了吗？要不要来我这儿玩两把？"

　　秦怿朝她摇头，小寡妇继续喊："画画有啥意思，不如来我这儿打牌放松放松。"

　　有几个男人听见小寡妇的话，也从窗户探出头来喊道："对啊，大艺术家，你来这儿，让小寡妇给你放松放松。"小寡妇瞪他们一眼，他们就更加起劲儿。秦怿未作理会，沿颠簸的石子路径直骑了过去，身后则传来他们刺耳的哄堂大笑声。

　　我们回到家，周遭的一切才完全安静下来，没有喧嚣，也没有纷扰了。秦怿把画册放在书桌，颜料丢进画室。他同样有些劳累，于是和我坐在画室外的木椅上休息，我俩望着月季花墙，闲聊路过的田野和今天在城里所见的茶坊酒肆等，聊着聊着，又聊回老陈的书店，继而提及秦怿停笔的那次事件，我很想问问他如今又是怎样看待艺术、怎样看待自己手中的画笔的。

秦怿靠着椅背，叠放双手，好似入定。他微微昂头，凝视着暮夏时节淡蓝色的穹宇，回忆之前的事，他并未感到难堪，他轻轻告诉我："现在吗？现在只是不再要求艺术更多了。"

"更多什么？"我像是听了个参禅般的回答。

"更多的责任与期望，"秦怿说，"就是渐渐意识到，艺术不那么重要，甚至有时其重要性远不及吃顿饱饭，更不要说对外界的影响了，影响可能微乎其微。今天画一幅，明天画两幅，难道就一定比赶早集辛苦卖菜的阿伯要贡献得更多吗？"

秦怿的话，让我错愕不已，我本以为像他这种嗜画如命的狂人，不顾一切的逆反者，会说出许多艺术即是生命，绘画即是存在的意义之类的宣言，可我没想到他把艺术看得如此之轻。

秦怿阐述着他的看法："艺术没那么重要，是说不必将艺术抬得过高，抬到本不属于它去解决的问题范围内，艺术既不能救民于水火，也很难解决人们的一日三餐，艺术唯一存在的价值，就是像普鲁斯特①说的'只有通过艺术，我们才能走出自我。'仅此而已。

"文学、绘画、摄影、建筑、雕塑，凡此种种，使人们借助艺术，走出自我，了解别人在这个与我们不同的世界里看到了什么、听到了什么。因为有了艺术，我们才不只看到我们自身的世界，而是多重的世界，而且有多少个敢于标新立异的艺术家，我们就能拥有多少个这样的世界。"

秦怿坦言，普鲁斯特总结的同样也是他对艺术的看法："不过普鲁斯特的话，忽略了一个令人难过的事实，那就是借由艺术家之眼去看世界，本身就存在着巨大的沟通成本，一个穷凶极恶的歹徒或许会因为一次日落而流下眼泪，却不见得会对一个伟大艺术家笔下的黄昏产生丝毫的动情。因为通过艺术，意味着理解他人，走出自我，其本质是独立的个体在内修自省，整个过程从始至终都是内向的、自我蜕变式的。对于艺术家而言，他能做的就更少了，他只能用自己创造的技艺去真实地记录并丰富自己及全人类共有的情感——

---

① 马塞尔·普鲁斯特（Marcel Proust，1871—1922），法国作家，代表作《追忆似水年华》。

失落、恐惧、孤独、欣喜、幸福等等，而读者、欣赏者到底能从他的世界中获得多少以供自省的力量，艺术家实在没办法左右。这样双方都凭自己的事，到头来又有几分参禅悟道的意味了。"

秦恽深深地总结说："艺术的门前，自古以来就不缺推搡拥挤、自以为是的人群，如果我们的世界能被艺术包围，人人得以窥探艺术之光芒，人类就必然能够减少彼此的敌对与仇恨，但这很难。"秦恽摇了摇头，"艺术并不能改变世界，只有通过艺术走出自我的人们，才能改变世界。"

秦恽的话，从来不是摇旗呐喊式的欢呼，而是像涓涓细流，每一处闪光，都包含着生命的真诚，叫我受益匪浅。我不知一个人要走多少弯路，忍耐多少痛苦雕琢，才能换来如此澄莹如玉的灵魂。

时间过去很久，秦恽不再和我交流艺术存在的意义，而是又零零散散聊了许多别的问题，但大多是些无奈、无解之事。随着太阳慢慢落至山腰，月季花渐渐被天边燃烧的晚霞染上一抹金红，大地和森林间浮起萤火虫般金黄的粒子。不知谁家的钟声敲响，让人恍然间有种梦醒黄昏时的隔世之感，孤寂、无声、悠远，秦怿独独望着花墙，黯然神伤，仿佛陷于某种回忆之中。

"之前你不是问我，为什么不推掉身后的粮仓，好保留东厢房吗？"秦怿说道。

"你不是说不喜欢，所以才推掉了。"我不知他怎么忽然提起这茬。

秦怿摇头，有哽咽之声，他说："其实不是，是因为我母亲是在对面的厢房去世的，我和外公外婆在她身边，拉着她的手，我听她哭着讲'怿儿，你要好好生活，照顾好自己，未来的路，妈妈不能陪你了，你要坚强，做个大人，妈妈对不起你。'大概就像现在这样的黄昏，阳光金灿灿的，照进窗户，照在她没了血色的脸上，她留恋地看了几眼晚霞，呼吸一下比一下弱，在某个时刻，戛然而止了。

"我总无法忘记那个画面，每每想起，都难过万分，走进东厢房，就像是走进我母亲的坟茔，让我觉得那一间小小屋子，足以装下全世界的悲苦。后来，我搬来老宅，不忍日日回忆，便拆了东厢房。我母亲生前喜欢月季，她说月季的花语是——等待有希望的希望，幸福、光荣而美艳长新。于是我栽满月季花，为着纪念母亲。"

我看着微风下轻轻浮动的花海，想起画室那幅长眉弯弯，梳着复古卷发，正沉思缅想的女人，不觉悲从中来，为生命易逝、草木凋零感到无限惋伤，却也不知要安慰秦怿些什么，只好徒劳叹气。

夜又近了几分，金黄的粒子沉没大地，只剩微弱的繁星露在青色的天空中闪烁。院子渐渐暗下来了，秦怿说："不早了，快回家吧，别叫你母亲担心。"

他起身时忽然跟我道歉："我最近暂时不能陪你看书了。"

"嗯？怎么了？"我问道。

秦怿说："没什么，之前我不是跟你说要画些人物相关的作品吗？"

我点头。

秦怿接着说："接下来准备画些女性题材的，就不太方便你来我家。"

我想他可能是觉得我在旁边瞅着，他画得会不自在，又忽然想起上午老陈说的叫他去接人，我想他应该是找到了新的模特，反而很替他开心："我以为什么大不了的事呢，那你就专心画画呗，等你有空，我再来找你。我正巧也很久没去河边逛了，狗狗们应该都很想我。"

秦怿问我要不要带几本书回家看，我说好啊，他帮我拿了还未看完的《护生画集》，几本有趣的地理摄影杂志，以及一本薄薄的由黑塞写的《漂泊的灵魂》[①]，秦怿看看陈旧的封面，他说这是他最喜欢的小说。

他本打算送我回家，但被我拒绝了，我说："你骑了将近一天的车，也怪累的，我自己走回去就行，反正也不远。"

秦怿送我到院门，忽然想起什么，又跑回去，将下午买的零食塞给我，我向他道谢，并且保证说："我回去会好好看书，你也加油，加油画出更多好的作品。"

他站在夜色下仅剩一点的微亮之中，听见我的话，不由欣慰地笑起来，他语气坚定地说："好！一定！"

我扫了眼他的木纹镜框，以及镜片后水波般温柔的目光，我想起几个月前曾第一次认真看他时的画面，他系着帆布工服，上面被颜料搞得乱糟糟，一只口袋开了线，有一下没一下

[①]《漂泊的灵魂》，赫尔曼·黑塞（Hermann Hesse，1877—1962）著名的"流浪汉体"小说。

地飘忽着。或许此刻，秦怿同样想起第一次见到我时的模样，我穿着大背心，搬来砖头，不声不响地坐在他身边，斜仰着头，不屑地瞅他，像是在说：怎么？不许人看吗？

我俩彼此会心地笑了笑，我转身道别，在夜色中，独自往昌乐寺方向走去。沿途，一户户人家早已亮起灯火，电视声透过纱窗传来，伴着一家人的欢声笑语。河道上，挂起煤油灯的大小船不时驶过，船夫们站在船头，剪影一样，轻声哼起渔歌，悠扬绵长却不惊扰黑夜，那摇篮曲似的声音仿佛融进银色的水流中，轻柔地荡至岸边。

我回到家，趁母亲不注意溜进屋子，偷偷将零食藏在床下，又将画册混进书桌的杂物之中，伪装妥当后，才镇定自若地去吃了几口晚饭，并照例作答："去河岸逛了一天。"

月已高升了，窗外清光四射，照在树头，虫儿不再发出繁响，狗儿也不再懒懒猖吠。我歪躺在冰凉的席子上，捧着那本《漂泊的灵魂》，一字一句读了起来。

"1890 年刚开始，我们的朋友克努尔普被迫在医院里躺了好几个星期。出院时已是 2 月中旬，天气变化不定，他才外出了两三天，就又开始发起烧来……”

我读了大概能有三十来页，一直看到克努尔普倚在老栗树干上想起自己的漂泊时才停下来休息。我放下书，走向窗边，抬头望望夜空，发现此刻高悬天际的无声之月，正是雷尼·马格里特笔下的《与快乐相会》[①]——那是我常在东边树林时望见的景象。忽然，云翳散去了，夜空中的蓝开始聚集，收拢起繁星，化作一只巨大的张开翅膀的鸽子凝结在宇宙。我想，我正在透过一个早已死去的艺术家之眼看世界，一个多重的、截然不同的世界，而这些新奇美妙，正是秦怿带给我生命之中的礼物，我忘记了最初找他只是为了看他如何“虚度时光”，我想等秦怿忙完，立马去找他，告诉他，我看见了此前从未见过的风景。可我却不知道，那已是我最后几次见秦怿了，在这个暮夏将逝，初秋还未到来的季节，秦怿最终选择了离开，

---

① 雷尼·马格里特（René Magritte，1898—1967），比利时超现实主义画家。《与快乐相会》描绘了一位头戴圆顶礼帽的男子面对月亮。画家本人将其形容为“在凝望和事物间的永恒挣扎”。

从此再也没回来……

不能去秦怿家玩儿的日子，我的生活又恢复了以往的无聊，无聊地拿着狗尾巴草在街头巷尾晃来晃去；无聊地坐在长长的河道边，耷拉双腿，苦闷地用脚趾夹着拖鞋转来转去；无聊地望着一群灰不溜秋的水鸟从河道这头飞向那头；无聊地听那些长得像红泥烘烤出来的椭球形妇女们嚼着家长里短的故事。她们偶尔会聊到秦怿，当说起秦怿的种种不好、懒惰以及走火入魔时，我就站在河岸，生气地朝她们骂道："你们知道个啥！洗衣服也堵不住你们的嘴。"她们要追上来，我就立刻跑到上游，拼命往河里撒尿，好一解心头之恨。

我一直看完两遍《漂泊的灵魂》，翻了三遍《护生画集》，甚至背下了地理杂志中出现的所有地名，实在还无事可做，我就跑去东边的树林发呆，搬来砖头，坐在第一次看秦怿画画的地方，我望着耸峙的远山，看着流云横扫过天空。我想起许许多多的画家：奥古斯特·马克、加伦·卡勒拉、加布里诶尔·蒙特、基里科、费宁格、玛丽·卡萨特以及我和秦怿无比喜爱的皮埃尔·博纳尔，等等。我想起躺在草坪上一同翻阅画册的美好时光，秦怿待在一旁，他不光给我讲艺术家们经历的故事，还经常触类旁通地谈及其他，就像在看卡勒拉的《恋人》——一对在月光笼罩的河岸边亲吻着自杀的恋人时——秦恪却讲起了《缀网劳蛛》①中的《命命鸟》，他叙述着敏明与加陵那寂灭的爱，讲到他们在月光下走入水中，就像新婚的男女携手走入洞房，那个场景与卡勒拉的《恋人》如此相像，以至合二为一。诸如此类能与文学奇妙结合起来的例子秦恪讲过许多，我坐在堤坝上仔细回忆，看着数以千计的画面在对面的远山之下放出光芒，它们变换、闪烁、诉说，却从不熄灭。

我每天照旧到河边漫无目的地游荡，看人捕鱼，或是沿途寻找奇特的石子收藏。我往来于人群之间，穿行在由嘈杂声音组成的故事之中，但我渐渐注意到这声音里有关秦恪的碎语闲言越发多了起来，而且与以往的闲谈揶揄不同，秦恪这次似乎沦为了众矢之的，成了人们争相斥责的下流对象。尤其当长舌妇们洗完衣物后，她们便三五成群地聚在树下，大肆讨论起秦恪的私人生活来。她们如此热衷搬弄是非，就

---

① 《缀网劳蛛》，许地山短篇小说集。

像马蝇热衷吸食新鲜的血液一样，其中谈得最欢、嗓门最大的女人，正是我们这儿出了名的碎嘴"棉裤腰"。她扎着红头巾，岔开双腿，总摆出一副卖弄神秘的得意表情，不时戳戳边上人的胳膊，以求肯定地表示道："我早就知道……我当初就跟你们说……肯定是这样，懂吗？想都不用想……"

我因为被她们驱逐太多次，如今只能躲在不远处的另一棵树下支棱着耳朵偷听，"棉裤腰"滔滔不绝，说三又道四："别看秦恽表面上斯斯文文的，好像要多清高有多清高，实则淫棍一根，干的全是龌龌龊龊见不得光的事。"

她边上的高个儿女人惋惜地说："秦恽以前吧，只是玩物丧志，他爱怎样都随他去，可现在怎么还染上了嫖娼的毛病？这再有家底，也留不住了。"

另一个一脸凶相的婆娘则表现得更加愤慨："再这么下去，别说他的家底，恐怕连咱们这儿的风气都要被带坏，"她不无担忧地表示，"要是把小孩子们带坏了，怎么办？"她说着啐了一口，"天天往家带妓女，真不嫌脏，他怎么不害臊呢。"

又一个总去寺院虔诚烧香的女人接过话头，她说可不光小孩子，她抱怨道："他家离昌乐寺几步之遥，天天带着妓女打那儿佛门清净之地大摇大摆地过去，这不是由他胡闹吗？那是咱这儿的积福之地，保着咱这儿的风水，可不兴有脏东西污了菩萨的眼睛，阿弥陀佛。"

我越听越恼火，越听越觉得浑身的血管都鼓胀胀地将要裂开，亏她们能说出这么阴损难听的话，我恨不得把她们的舌头全拽下来挂在晾鱼的铁钩上，好叫恶毒的太阳把她们恶毒的言语一并晒干了去。我不想再听她们诋毁秦恎，便猛地跳出来，气汹汹地指着她们鼻子开骂道："大嘴'棉裤腰'，你他妈在背后说别人什么坏话！胡乱造什么谣！你们这帮叽叽喳喳的妇女，不嚼舌头能死吗？就是你们自家的爷们儿嫖娼，秦恎也不会去嫖娼！"

她们见我蹦出来，先是一愣，可能在思索我的情绪怎么这样激动，你看我、我看你，全没说话，更没有像平时那样起身追我，只静静地等待棉裤腰出头。

"棉裤腰"站出来，两手掐腰，叉着肥硕的大胯，像极了我在地理杂志上看到的那座埃菲尔铁塔，她朝我嚷道："小兔崽子，你凶什么凶，吼什么吼！我说的全是事实，谁胡编乱造了？谁背后造谣了？”

"什么事实，哪儿来的事实，你把事实拿出来。"

"棉裤腰"叫我自己去找小寡妇打听："寡妇那儿的人多，靠着大路，你自己去问！去问问牌店的男人们早晨都看见了没，看见了什么！兔崽子，裤裆里的毛还没长齐，倒先学会凶别人了，信不信我告诉你妈，看她抽你不！"

我见她好像真的言之凿凿，一时半会儿想不出反驳的话，只得赌气地点头，意思是说行，你等着："棉裤腰，我要是问出来你说的有假，看我不砸了你家窗户。"

我说完径直往小石桥方向走，路过"棉裤腰"身边时，她瞥了我一眼，没有说什么话，只是叫我快点走开。

我一刻没停，心急火燎地沿着石子路跑去牌店，连拖鞋都甩飞了几次。我走到牌店的窗边，白烟像是蒸汽火车头一样，咕嘟咕嘟地贴着房顶向外涌，顺着墙壁往天空冲去，直到被风吹散。牌店里，几十个男人此时正叫唤着打牌，夹杂着麻将声和扑克声此起彼伏，我撩开细珠门帘，热辣辣的烟呛得我眼泪直流。我找了半天，才看见小寡妇坐在角落里独自拿着烟杆，我穿过三五张牌桌，就像穿过清早满是浓雾的集市般艰难，我俩隔着毛玻璃一样的二手烟看见彼此。小寡妇不屑地问我干吗来了，她说她这儿不招待未成年。

我问她秦怪出了什么事，接着把"棉裤腰"的话讲给她听。她架起烟管，嘬一口烟儿，腿像麻花似的缠起来，眯着眼满脸享受地将烟气吐到空中："那不是大家亲眼所见吗？从我这儿就能看见，大早上牌店一散场，有那么几天，就看见了秦怪骑车带着个女的回家，不过有几天也是城里拉菜的阿伯把女的捎过来的。"

"我知道有个女的，可谁说那是……是妓女的？"我有些不好意思问出口。

小寡妇气定神闲地说："秦怪那万年的单身汉，冷不丁带个女的回家，多少双眼睛盯着他？人们好奇，可不得扒个底儿朝天，那打听出女的是个出来卖的，不是很容易的事吗？"她说完，又惬意地吸了一口。

我其实明白小寡妇的意思，对这帮眼睛永远长在别人身上的人来说，观察他人生活中的风吹草动似乎是一种使命，就像是他们必须尽到的责任一样。也或许是谁率先打探出消息来，引发热议，谁就能在众人中率先体现自己存在的价值。

可我想不通秦怿为什么要找妓女，更无法相信"棉裤腰"嘴里的话："我才不相信秦怿会嫖娼。"

小寡妇身旁的一桌有个岁数挺大的男人听见后，他垂下手掸掸烟灰，头也不回地说："你一小屁孩儿懂什么？难道带个妓女回家谈风花雪月吗？"他重新将烟叼在嘴唇，伸手摸了张牌，用大拇指搓搓，看也没看反手打了出去，"三万。"

轮到下一个男人摸牌时，他跟着说："也难怪，马上三十的人了，恐怕还没开过荤，这不开荤还好，开了荤，怕是顿顿想吃饱饭……七条。"

他们俩谈起秦怿，满屋子就跟着都议论起秦怿来，说的话与那群长舌妇们大差不差——要么觉得秦怿这次是真误了歧途，可惜了；要么就把这事当成谈资讲起风凉话来，甚至还担心秦怿是否会嫖坏了身子："馋女人馋到他这份儿上，也是可以，天天嫖，不怕把自己嫖死，有几个肾，这么折腾。"

离麻将桌不远的地方，靠近酒坛正在打扑克的一桌，同样是我们这儿吊儿郎当的游手好闲之辈。往常拿石头打狗的就有他们几人，此刻他们袒着一身横肉，玩得满头是汗，喉咙里像是糊了老痰，他们指责起秦怿来更是毫不留情，其中一个叫斜眼儿的说："天天装大尾巴狼，搞得超尘脱俗，狗屁大艺术家，还不是裤裆痒了就偷腥，这是被人看见了，看不见的时候，指不定干过多少次。"

另外的几人也随之附和，好像笃定了秦怿这事儿绝对是老手，不然哪个新嫖客敢这么大摇大摆地领人回家，连人都不背着点儿？三十岁一到，这人呐也就不好面儿了，反正没人管秦怿，他才敢这么肆无忌惮，没脸没皮的。

小寡妇见大家情绪越来越激动，解开麻花腿，站起来用斗钵咣咣敲了敲身后的门板，安抚着说："行了、行了，吵什么吵，都好好打牌，嫖他就去嫖，又没花你们这帮爷们儿的钱。"

斜眼儿不服气地说："我是嫌他碍眼，成天装什么装？吊着个脸，他有鸡毛的才情，有才情还会在咱们这儿窝着吗？老子看他顶不爽，那词怎么说的——衣冠禽兽，懂吗？这种人最可怕，你不'教育教育'他，他改天指不定干出什么伤天害理的事儿来。你们大伙评评，那小子是真的有能耐吗？就说他画画吧，画出什么门道来了吗？要我看，整天就是活在梦里。"

"斜眼儿这话确实，话糙理不糙……"

"是啊，有能耐可不就走了……"

"太不务实了，哎……"

我站在烟气的中心，感到天旋地转，就像环绕身边的口口白烟幻化成了恶鬼形状，纷纷在这看不见光的屋子里低语起来。

小寡妇有些生气，朝斜眼骂道："少说两句吧你，你又比秦怿强到哪里去。"

斜眼儿哼了一声："嗬！老子游手好闲，但老子可不白瞎钱！"

斜眼儿身后有个小跟班，他油嘴滑舌地说："小寡妇，你怎么生气了？你看秦怿，他宁可去嫖，也不给你个'为艺术献身'的机会，肥水啊，白白流到外人田里去啦。"

他说完，整个牌店的人都哄笑起来，连烟气也随着笑声有了波动，他们不再聊秦怿，只是逗了小寡妇几句，接着又重回之前打牌的热闹中去了。

我失落落地走出牌店，从蒸汽火车头里下来，只觉得脑子胀胀的，喉咙干干的，外面阳光晃眼，世界虚实游离，层层重影、光晕和细微的紫边在我的瞳孔里分分合合。我想我真多余来牌店打听，我想不明白他们为什么能对一个人的恶意如此之深。我往前看看畅通的大路，又看看两边绿莹莹的田野，我想，我还是直接去找秦怿问个清楚吧。

到了快黄昏的时候，我估摸秦怿家应该不会有人了，就拿着之前秦怿送我的几本书假装去还他。他家院门敞开，四周寂静，像是一个静谧的世界被落日和棵棵绿植精心装点着。我走过松软的方块草坪，踏上木板台，透过玻璃看看画室，发现秦怿正独自蜷坐在画板背后，我来到门口，画室的门同样敞开着，从里飘出一股熟悉的松节油气味。

我侧身轻轻敲门，秦怿歪着脑袋从画板后瞅了瞅，他的头发比之前凌乱蓬松了，耳朵边还插着支细长的画笔，胡子也较往常浓密了许多，挂着思考时不小心碰上去的颜料。秦怿看见是我，蹙着的眉头舒展开，欣喜地从椅子上跳下，仍穿着那件灰色帆布服。秦怿一边将画笔和调色盘放在他那张越发拥挤的桌面上，一边问我是不是在河边逛得厌烦了。

我说："是呀，所以来看看你在干吗。"我提起布袋递给他，"这些书我看了好几遍了，连地名都快背下来了，就想着来换几本新的看。"

我说着环顾他的画室，静物柜、石膏像、密集柜等都还在原处，纹丝未动，但散落一地的毛刷、木条、胶带、抹布以及报纸却比之前明显多了，翻倒的颜料桶也滚得到处都是，如同一个个畅饮过后被丢弃的酒瓶。除了这些杂乱无章的玩意儿，最显眼的改变，是他的窗边多了张长长的酒红色细布绒沙发，在日暮冷清稀薄的光中，呈现着落寞而未知的神秘，就像宴会结束被人遗忘于此了。这张沙发秦怿把它当作了一个元素纳入到了多幅作品中，而这些作品此时就倚靠在那面挂有秦怿母亲画像的墙壁边上。这些画有大有小，最大的将近一人多高、两米来宽，最小的只跟半身石膏像差不多，画的内容无一例外，都描绘了一个裸体的女人——一个各种神态动作下的裸体女人。

这是那时的我除了偶尔会在夜晚的河边撞到光溜溜洗澡的女人外（当然我在秦怿家的画册中也见过些西方的裸体画，只是它们都印了巴掌大小），第一次看见如此大胆的、赤裸的、不受任何约束的女性身体。

那最大的一幅，描绘了一个女人斜倚在沙发上，她高仰脸庞，微闭双眼，显得崇高而冷漠。窗外的阳光流在她紧绷饱满的身体上，散发出一阵令人迷恋的气息，她轻抬右手，不经意搭在胸口，仿佛刚睡着一样，我甚至能感受到她柔软的乳房正随着呼吸细微起伏。她丝毫没有顾忌，或者也不想顾忌，就那样蜷着一条腿，另一条自然地伸开，将旺盛的阴毛完全暴露在空气当中。她身下的酒红色细绒布，水银般垂在地面，在勾勒着她裸体的同时，似乎也往画中注入了一丝难以察觉的痛苦和激情——像是一种渴望，一种挣扎，一种类似爱与死的结合。她躺在温暖的阳光里，可我却觉得她好像从阴影中走来。

旁边的一幅，相比之下小了许多，以泥土色、赭石、黑色和红色构成，描绘了一个年轻女人的半裸肖像。这是幅夜晚来临前的作品，质地光滑，女子披着长长的黑发，紧闭双唇，将头向后仰去，仿佛她的身后是一片冰凉的湖水而非窗户。她双手抱着脑袋，尖尖的下巴连着长长的脖子，再往下，并不匀称的乳房此刻在昏暗的气氛中镀上了一层隐隐约约病态、哀婉的绿色，似乎带有一种极强的冲击力和破坏力。她在经历什么？经历生命吗？还是仅仅作为一个无能为力的参与者

239

在徒劳中等待生命的流逝?

我转了一圈,将这些裸体画全看了一遍,除了油画,秦恽还为她画了各种速写、炭笔画、水彩画等等。这个裸体的女人,时而笔直地半跪在沙发上,率真地挺着胸脯,将臂弯环绕于头顶,她侧着脸,微微抬头,像梦里等待亲吻的姑娘,也像一个勇敢的寻爱者,时而她坐在静物柜旁边,只是空洞地发呆,柜子的玻璃同样映照着她,映照出她红红的小小的乳头。还有一幅画,她倚靠在画室门口,孤单地望着花园里的月季,她的头发披在光亮的背部,纤纤细手叉着腰肢,她身体的曲线如此优美,很像瓦洛东早期的一幅室内裸体肖像,但相比瓦洛东温暖和谐的色彩,秦恽使用了更为强烈激进的橙色、蓝色和红色作为主色调,并把它们大胆地穿插在一起,交织出一种不同于自然的色彩环境,从而将这道动人情思的身影保留了下来。在秦恽的画笔下,她不断变化着,在每一张画布中都呈现出极不相同的姿态,各种视觉的、精神的别样感受被传递出来,明亮与欢快的、放纵与向往的、压抑和不安的、激动或要立刻大哭一场的。

我想这就是人们口中的那个女人、那个妓女,可我不知该怎么开口问秦怿，只好假装惊奇地说："这都是你最近画的吗？"

秦怿扶着画架，另一手揣进口袋，他大概扫了眼，点点头，似乎对这些作品很满意："是啊，打上次分别，就一直在画这个题材。"

"所以你是要画裸体，才不方便我来你家的。"

秦怿又点点头说："因为有第三个人的注视，会让隐秘的环境产生变化，何况你还未成年，要是让你妈妈知道你来我家看裸体女人，她会被气死的吧。"

我们说着走出画室，去书房找点书来，秦怿弓着腰，在书架前缓慢浏览，思索着哪些书适合我看。他问我有没有什么感兴趣的，可我完全心不在焉，只觉得眼前书脊上的那些文字全跟墨水挥发了似的，怎么也看不清，连耳朵里也都是灌了水一样嗡嗡乱响的声音。我好不容易抽出一本《卡夫卡短篇小说集》，将其紧紧攥在手心，像是要把它捏出水来。

"那个……外面有些流言蜚语，你……你听说了吗？"

"关于我的？"

"嗯……"

"关于我的不是一直都有吗？"

"这次不一样。"

"有什么不一样？"

"额……就你那个模特，他们说……说……"

秦怿忽然直起身子，隔着书架的空隙看我，蛮认真地问道："模特怎么啦？"

我话到嘴边，却不好意思说，只好低下头，小声嘟囔道："你那个模特……是、是……是个妓女，对吗？"我立马抬头解释说，"这不是我说的，是他们说的，他们说你找了个妓女回家。"

秦怿还以为我要说什么石破天惊的大新闻，他听了像个没事儿人一样，毫不在意地说："昂，是啊，确实是，但他们怎么知道的？也没人向我打听啊。"他又猫下腰，在最底下找到本《银河铁道之夜》，问我想不想看，"这帮人，什么时候才能顾及顾及自己的生活呢？"他说着略显无奈地摇了摇头。

"可是，你为什么要找妓女做模特？"我困惑地问道。

"因为裸体的美也是自然美的一部分，同样值得表现，

242

但是想找到比较合适的，又愿意脱下衣服来给你画的，恐怕也只有找妓女最方便省事。"秦恽说，"这没什么，以前的很多画家，都有过找妓女当模特的经历。"

秦恽走到窗前，伸出手去，拨弄了几下外面梯形架上的花草，他抬头看看藏青色的霞光，轻缓地和我讲道："她在我面前褪去衣物，赤裸着身子时，她并不是妓女，而是跟你我一样的，是一个人，同样有喜怒哀乐的人。"

秦恽跟我讲起几件在画画中遇见的事："她刚来时，总一脸媚俗，那是她当妓女留在自己身上的痕迹。她的生活是为了取悦男人，她最熟练的动作，也是将自己脱得精光，然后躺上床，把自己的肉体交给如饥似渴的男人，就这样日复一日地过下去，脱了衣服，穿上，去见下一个客人，再脱了衣服，像个齿轮一样转个不停。"秦恽说着，揪掉几片枯萎的叶子，"你要准备给她画画，她'嗯'了声，照旧机械地、没什么羞耻地脱掉衣服，甚至是挑衅地站在你面前，甩甩胸脯。但这次没人碰她，你只是叫她坐着，望着花园，几个小时、几个小时长久地坐着，保持不动，让她凝视，凝视一处景色，月季花也好，金铃花也好，或是天上变化万千的云也好，没有人前来打扰她……"秦怿停了停说道，"可你会发现，她在流泪。"

他把那几片叶子收好，放进衣服口袋："我不认为这是一个寻常的时刻，这应该是美产生的一个时刻，而这个时刻，跟她是不是妓女已经没了关系。"

我听完秦怿的话，紧绷的心弦才慢慢放松下来。我能明白，在秦怿心里，人的感受始终要大于外部世界的条条框框，即使是妓女，她的身上依然有作为人去感知美的时刻，尽管这个时刻可能转瞬即逝。

"那些作品，都是你捕捉到这样的时刻，才开始画的吗？"我走到秦怿身边，支在窗台的松木上，和他一起看着被飘来的炊烟所笼罩的昏黄院落。

"是画的过程中，自然而然出现的。美也有许多种，不是只有迎着光的一面，也有恐惧和不安，比如蒙克。"

我没有再多问什么，更没有将大家说他是个嫖客的事告诉他，因为觉得说了也没什么用，我想秦怿一定会说"随他们去吧"。但我心里还是希望他快点结束这个项目，别再把妓女往回领，免得落人口实，徒遭非议，我于是问他："这个题材你还要画多少？"

他挪动下几个陶盆的位置："只剩下画架上的那一幅了，这两周大概能画完。画完就暂时换个题材，应该还是会画人像，少女啊、渔夫啊、乡野的医生啊、卖菜的女人啊，等等。"秦恽看看画室，笑着对我说，"不过这些就不会不穿衣服啦。"

"那我是不是就可以来你这儿玩了，我不打扰你画画。"

他摸着我圆圆的头顶说："当然可以呀。"

我离开秦恽家时，又拿了几本新书，提着来时提着的布袋，秦恽跟我讲："等这几本你看完，我估计也画完了。"

之后的几天，我常跑去树林里看书，闲下来就继续沿着河道溜达。关于秦恽的闲言碎语还是一样没少，背地里更是一口一个"大嫖客"地把他叫了起来，因为秦恽还需要带那个女人回家画画。我想或许等这段时间过去了，非议自然会平息下来，但有天傍晚又出了件不好的事，荒唐地将秦恽再次推到了风口浪尖。

那个当模特的女人平常是由秦恽骑车去接，或者是城里进菜的阿伯清早顺带把她捎过来，到了晚上，如果秦恽不去送，她就会独自去河岸乘水路回家，也并不麻烦。大概是两周以后，秦愫的画进入了收尾阶段，所以每到夜幕时分，女人就常常一个人去河边等待渡船。这天，她照旧等待，身边却走来一个男人，这男人在秦愫家门外守了几天，也跟踪了女人几天，他走到女人身边，悄悄问她："你今天还接不接活儿。"

女人说："接，给钱就行。"

他们两人就往田野的方向走去，找了个隐蔽的、午间用以休息的小棚便趴在地上干了起来。女人被干得吱哇乱叫，呻吟声引来了过路人的注意，几个男人和女人推开棚门，照亮手电，看见两具赤裸的、满身是汗的身体缠在一起，在地上难解难分。

这个男人是谁并不重要，是那一帮子游手好闲之徒？或者只是一个淫欲上头听说秦愫嫖娼也来凑凑热闹的庄稼汉？都不重要，重要的是人们看清了这个张着双腿的女人是谁，由此坐实了秦愫干的确实是见不得人的勾当。这事像炸了锅一样在"冷冽"的风声中迅速传开来，一时间，河道、集市、牌店、街头巷尾，所有人都忧心忡忡地议论着。

"棉裤腰"推测说："秦愫这已经不单单是自己嫖了，估计是在背着大伙儿做拉皮条的买卖，这小骚货可是他亲自带回来的。"

　　他们去追问男人，男人慌乱紧张，不过他一口咬定，自己是因为看秦怿总带妓女回家，才没忍住想试试的。至于给妓女的钱，秦怿有没有暗中抽成，他确实不清楚。

　　有人明白无误地说："没抽成？要是没抽成的话，秦怿这么多年怎么还没饿死？这难道不是开拓客源吗？开拓到自己家来了，不然天天往回领，真当他是自己在嫖？"

　　他们才恍然大悟，一瞬间明白了秦怿这么多年究竟在靠什么赚钱。"是啊，他要是没点儿经济来源，又怎么还活得有滋有味的呢？他可从来没打过工吧？那之前卖了房，也该花得差不多了吧。"

　　斜眼儿说："他把咱们都骗了，画画？画画纯属他的障眼法，丫的！伤风败俗！伤风败俗！"

　　"他家里，不是倒腾了一个小园子吗？栽了那什么？是叫龙沙宝石不？听说是大城市的玩意儿，外国的月季，他又哪儿来的钱？"

　　"这就没什么新鲜，他爸当年抛妻弃子，就不是好东西。有这样的父亲，还指望儿子长成什么好苗！"

有人说："小寡妇，你就没看出点端倪来吗？"

小寡妇懒得惹那么一身骚，烟杆子一架："我知道个茄子，别什么都来问我，自己想。"

他们就自己回忆着，好像这些年来，有的时候，秦怿确实带过女人回来，但那时他们没注意，也没打听出什么，或者是带了吧，只是他们恰巧没看见，可没看见不代表没有。他们回忆着，三五成群地回忆着，在树下、在牌店里低头琢磨，看是不是遗忘了什么。他们纷纷涌进记忆的隧道，捕风捉影地拾取细节，等他们又一次聚在一起时，他们就像被一种无形的力量攘住，每个人都信誓旦旦、绘声绘色地说："是啊，以前秦怿就常带各种女人回家，我看见了。"

那么这一切就能说通了。

不过随之而来的却是人人自危，因为人人都在传秦怿是个拉皮条的，但人人都说自己没有嫖过。一时间人心惶惶，男人们甚至不敢晚些回家，不敢不见了踪影，生怕被人说"你是不是也去了小棚子跟妓女在地上干得热火朝天"。疑云和积怨在不断加深，从前的打趣如今变成了对秦怿的深恶痛绝。

更有些虔诚的人则开始去寺院烧香，祈求着菩萨原谅。

因为这地界，之前还算是清朗淳朴，现在是为着秦怿这颗老鼠屎，才坏了水源，带进了许多不干不净的东西。他们希望菩萨开恩，千万不要迁怒于此。

我听着这些漫天的流言蜚语，只感到一种巨大的、无力的荒唐，这荒唐里包含着人们多年来心中的偏见和愚蠢、自以为是的聪明和武断。我不知道该怎么告诉他们秦怿并不是他们想的那样，可是对于一个孩子的话，他们显然没什么心思愿意听。

那个女人之后又来过一次，秦怿的画就彻底收工了，他总算能在自己的小院子里，给自己放松几天。清早，他按时起床，将窗子挨个推开，伸伸懒腰，探出头去，呼吸几口新鲜空气，空气冰冰凉凉，还带着湿润的树叶味道，后山薄薄的银雾也还没散去，顺着山坡越过屋顶，轻笼在他家花园四周。寺院的晨钟这时敲动几声，澄净清音悠悠传来，秦怿拿着剪刀，去给月季花修修剪剪，墙上如果有松动的螺丝他就夯实几下，嘴里喃喃念叨着他跟花的秘密私语。打理完花枝，他又蹲在小池塘的一角，往里撒点鱼食，听它们扑腾几声，继而拎起水壶，给那些石榴啊、地柏啊浇浇水。他在自己的世界里怡然自得，却全然不知外面的暴风骤雨即将席卷而来，要将他淹没。

那几天，女人没有出现在人们的视野里，似乎秦怿拉皮条的买卖停止了，有人说："秦怿应该是听见了什么风吹草动，所以才不敢贸然行事了。"

"是啊，那个妓女自打上次被抓到，现在不也不敢来了嘛。"

斜眼儿他们有时无聊，就徘徊在秦怿家巷子前的空地上，想看看秦怿又在偷偷鼓捣些什么："他忍耐不了多久，没钱了他自然会着急。"

但巷子尽头，院子里的秦怿只是在悠悠然地打扫着画室，偶尔坐在窗外的木椅上喝几口茶，拿本书翻阅着。

秦怿休息了一周左右，便开始着手准备新的项目了。他裁剪好画布，装完画框，接下来继续画人像。为了提前张罗起来，他在桌子上随手拟了则启事，大概意思是询问下是否有女性愿意来他家当模特，钱的话可以谈。秦怿只是单纯觉得生活在此地的大部分是些洗衣做饭、相夫教子的人，如果闲着没事，真来给他做做模特，赚几笔小钱，其实对双方是互利互惠的事，没什么不好的。他根本不知道，自己在墙外已经成了别人嘴里的嫖客，成了个拉皮条的了，他还一心沉浸在自己艺术的世界里，思索着一些新的技法和表现形式。他将告示卷好，夹在腋下，拽出桌子底下写生用的画箱，于下午三时，心情愉悦地出门了。

他经过巷子前的空地，继续往昌乐寺方向走。昌乐寺前，有一片大的广场，是蛮热闹的地方，秦怿找了块竖着的木板，将写好的启事贴在显眼的位置。之后他拎着画箱，又跑去东边的树林写生了。秦怿刚一走，斜眼儿他们就跟在后面把启事扯了下来，塞进兜里，匆匆跑到了牌店。

晚些时候，牌店的人渐渐多了，斜眼儿站起来，跟大伙儿说今儿先别打牌了，有个紧急的事要说一说。他在牌店铺开秦怿写的东西，一大群人围上去看，斜眼儿激愤地骂道："你们都看明白了吗？秦怿现在是公然打算对身边的人下手了，什么去他家里给他当模特，混账！还价钱可以谈，什么价钱？卖一次的价钱吗？他这摆明了是要蛊惑咱这儿的女人，去给城里面的人当鸡！"

此前就已人心惶惶，这话一出，积压已久的怨气终于井喷似的爆发了。如果说此前秦恽还是几次三番地从外头带妓女回来，赚的是不安分的男人的钱，虽然可鄙，但也不至于罪该万死，或许是他们潜意识里觉得，男人嘛，偷腥了也就偷腥了，谁还没犯过点错啥的，这也是他们忍着没有和秦恽撕破脸的原因。但现在的情形明显严重了，叫他们面色凝重，忧思万千，试问在场的这些男人，哪个没有妻女呢？哪个能放心得下自己在外打工，而大后方住了个这样的变态呢？试问你那刚刚十岁的女儿和这么一个男人擦身而过，你不担惊受怕吗？他们甚至觉得，如今的秦恽哪怕只是多看一眼自己的女人，都仿佛是在图谋不轨。

森白的顶灯落在他们每个人身上，往前欢畅的气氛此时只剩下一口口局促不安的呼吸，烟雾弥漫，却遮掩不住他们因愤怒而战栗的双手。"难怪秦恽平时走道儿总是东瞅西瞧，现在一想，恐怕就是在物色目标。"

有人说："看他每天人模狗样的，真想不到会做这么挨千刀的事。"

"连兔子都知道不吃窝边草，他却转头给人城里拉皮条，他不会良心不安？"

"还良心不安？他能有什么良心？他要是有良心，不至于走到今天这步。"

这时，斜眼儿大声吆喝几声，引来大家注意，他义正词严地指出来："咱们不能这么放任不管了！秦侼这家伙，如果不给他点教训尝尝，如果不把他这条臭鱼烂虾择出去，以后的日子恐怕没法消停，你们能放心身边有这么一个人吗？今儿他敢明目张胆地贴告示，明天真拐跑了谁家的妻女，咋办？连后悔药都没得吃啊。"

他们死盯着那张写有"价钱好谈"的告示，斜眼儿的话他们当然懂，他说出了所有人心中共同的想法。霎时间，牌店里群情激愤，他们撤掉椅子，围拢在一起，打算对秦侼展开一场正本清源的行动，好叫他为此付出应有的代价。

小寡妇坐在酒坛边，冷眼看着他们，她叫大家冷静冷静："这就是一张破告示，哪有你们说得那么邪乎，斜眼儿，你真是唯恐天下不乱。"她又劝众人说，"秦侼这不没干出什么事儿来吗？你们要办他，你们可也得有点证据。"

"办他还要证据？等他干出来，那就晚了！现在这叫防患于未然，你一个婆娘家家的，懂个什么。"

"小寡妇，退一万步，他之前是不是总带妓女回家，这总没错吧？你不是没看见吧？就冲这点，办他就不是没道理的。"

"可不嘛，那棚子的事，才过去几天？你们说，谁家小孩要是撞见那不堪入目的画面，影响得多恶劣！"

"现在就是错杀一千，也断不能放过他一个。"

他们怒火中烧，轮番斥责着因秦怿而带来的不安定影响，压根不理会小寡妇的话。当晚，他们就决定了，明天的这个时候，他们要彻底终结这场恶劣的闹剧，叫秦怿永远地安分下去。

事情随着这帮人各自回家而扩散了出去，恶事行千里，等到第二天太阳升起时，关于秦怿只是单纯地想询问是否有人愿意给他当模特这件事，因为有带妓女回家的先例，已被曲解成了是蛊惑身边的妇女去给城里面的人当鸡。传到"棉裤腰"耳朵时，就变成了秦怿要拐卖人口，再传下去，又变成了秦怿曾奸淫他人妻女，接着就有传闻说谁谁家新娶的媳妇发现不是处女，貌似就是多年前，曾在东边的树林里与秦怿发生过关系。

这短短一夜一天发生的事，是我后来才知道的，并且后

254

来即便秦怿已经离开，也还是演变出了多种不同的版本。有关那个谣言传开的白天，我没有听见任何的风声，河道也好，牌店也好，是因为我像往常一样，正待在秦怿家乱糟糟的书桌上看书，一本大概是什么短篇笑话集的书，我记得那一整天我都笑得前仰后合，到晚上临走时，还感觉腹部因为笑得太过猛烈而微微生疼。

那个晚上，天上有些阴云，我路过昌乐寺前的广场时，看见许多人聚在那里，比往日要多许多。他们与我相对而走，乌泱泱，像一群苍蝇飞往秦怿家的方向，不过我根本没在意，还以为是什么活动刚散场，沿途的河道，平时洗衣服的女人也不见了踪影，只剩下平静的河水在寂寞地流淌。要是平时，我肯定会发现处处反常，可那天我脑袋里装的全是笑话，甚至心里还在琢磨着几个格外好笑的，打算回到家，给我母亲讲一讲。

但我没机会讲了，我刚走到巷子口，就看见我母亲站在家门前等我，我本以为她要问我去哪里耍到现在，于是从她身边迈进院子时，我随意地说道：“去河边了。”

不料她猛地抓起我的后脖颈，将我拖进屋子，我看见她满脸的阴沉，两颊因为咬合过猛而凹陷，顺着颧骨拉出筋与丝来。她似乎在忍耐着极大的愤慨，接着她抄起扫帚便往我身上死命地抡来，我被抽到墙角，因疼痛蜷成一个球形。

我母亲哭得汹涌，她边打边骂道：“你是天天去河边吗？你难道不是天天和秦怿混在一起？你到底跟谁学会了撒谎，天天跟个嫖娼的垃圾待在一起，你想干什么？跟他学嫖娼吗？还是学拉皮条？还是学他做个渣滓，去拐卖妇女？”

她越抽越用力，似乎连扫帚把儿都打劈了，我感到自己被抽出血来，可我自始至终都咬紧牙关，没发出一点声音。我不知为什么忽然产生了一股子恨意，好像每一次抽打，都是一次落在我身上的偏见，每一道血痕，都是偏见的胜利。我不能出声，出声我就败了，所以我拼命忍着，死死盯着眼前的一块儿翘起来的墙皮。我感到全身的肌肉都是紧绷的，双手的指甲也已扣进肉里，我被她打得浑身惨白，她才住手。

她见我一点也不出声，就哭得更大声了，她哭得撕心裂肺，好像是看见了不久的将来我就要踏上秦怿的老路。她不知所措，不知该怎么接受这个事实。她已经哭得喉咙沙哑，可哭声里仍有一种说不清楚的痛恨，对我、对秦怿、对她自己的痛恨，她只得将这种痛恨化为一句又一句不断重复地责问："你怎么不说话？你怎么不说话?！你说话啊!！说话!!!"

可我还是没说话。

她愤怒地将扫帚扔在一边，狠狠丢下句："你不是愿意跟秦怿混吗？我现在就去看看他被收拾成什么样!"她说着离开家门，并把我锁在了屋子里。

我像刺猬一样张开身体，用手轻轻揉着被打伤的胳膊，我感到整个后背都有一种辛辣的痛，仿佛淋了热油，滚烫滚烫的。好在我蜷了起来，双腿没什么大碍，只是拖鞋因为母亲拖拽我时掉在了外面的台阶上。我不知道她是怎么发现我和秦怿待在一起的，更不知道她嘴里那句莫名其妙的"拐卖妇女"以及"我现在就去看看秦怿被收拾成什么样"是何意思，但直觉告诉我，秦怿出事了。我忽然想起广场前那些与我擦肩而过且目露凶光的人们，一种刺穿脊背的寒栗让我瑟瑟发抖，他们——不会是去秦怿家了吧。

我赤着脚走到窗前，屏气听了一会儿，确信我母亲真的离开了，才找来一把椅子，推开天窗，勉强翻了出去。我在台阶蹬上拖鞋，随后一刻不停地朝秦怿家飞奔而去。一路上，我小心谨慎，尽量沿没有光的地方跑，以免遇上我母亲，但她可能走了别的路，我没撞见她。

我只花了十分钟就又跑回了昌乐寺前的广场，这里刚刚还乌泱泱的一群人，现在却连个鸟都没有。我顾不上黏糊糊的汗水渗进伤口带来的刺痛，也顾不上气喘吁吁，只好继续往前跑。快接近秦怿家巷口的空地时，明明还未入秋，却平地刮起凛冽的寒风来，吹得我汗毛直立，我不得不停下脚步，看着前方数不尽的黑压压的人影。他们攒动着，形成一堵令人绝望的、压抑的城墙，而城墙内此时正闪耀着滔天的火光，以及随火光冲进夜色之中的滚滚浓烟。

我心急如焚，却不敢贸然闯进去，只好贴着人群的外部沿弧形悄悄往巷子里钻，我借着小个子的优势以及周围的杂草、堆起的废砖垛等当掩护，一步一步往里挪。越往里，人墙组成的壁面就越单薄，大火熊熊燃烧着，我终于能透过人群罅隙隐约看见一个立着的石柱般黑漆漆的东西。等我终于要接近最薄弱之处时，我趁人不注意，迅速爬到树上，躲进茂密的树叶当中，这样他们无论如何也发现不了我。我望着左下方这群密密麻麻的看客，最前头的一排，他们的脸被火光映成橙红色，像戴了假面具一样，而我，也彻底看清了那石柱般黑漆漆的东西是什么。

那是一座用方桌临时搭建而成的高台，平常是用来舞狮的，如今顶上却放着一只狭小铁笼。我抓紧树干，下意识避开目光，不敢认真去看一眼，生怕所见即是真，因为这笼子里关着的，不是什么别的物件，正是奄奄一息、让血洇红了的秦怿。他浑身赤裸，头发夹着血水，凌乱地糊在脸上，胳膊、脊背、腰腹更是被人打得乌青，如同做了标记的肉团，被硬生生塞进了这只猪笼当中。他艰难而又屈辱地跪在里面，身下的两腿被一根麻绳系成 X 形，几道拇指一样粗的钢筋，烙铁般硌着他的膝盖，嵌进他薄薄的肉与骨缝里，叫他疼痛难忍，秦怿只得歪斜着，尽力佝偻身躯，将头抵在胸前，以换取向上的空间。他有一下没一下地靠双手苦苦支撑，想减轻些重量，但于事无补，血水顺着他痛苦呻吟着的齿缝流淌出来，拉着浓稠的丝，宛似一条小蛇爬向地面，沿着蜿蜒的青石裂纹，流向高台下的焰火。

火焰边，仍有人不时拿出臭鸡蛋向秦怿掷去，如中靶心一般打在他早已睁不开的眼睛上。

每击中一次，人群就响起热烈的欢呼，如若打到木腿或完全击空，他们便发出嗤鼻的哄笑。"我来，给我个鸡蛋，我来。"他们昂着头颅，乐于看见秦怿如困兽般在里面痛苦挣扎，好像他的挣扎是在他们心头瘙痒的羽毛，叫他们产生一种难以名状的快乐与执行正义时酣畅淋漓的快感，秦怿越痛苦，他们仿佛越兴奋，就像他们的惩罚有了显而易见的效果。他们站在暗夜的笼罩下，隐藏起自己的真实姓名，随黑金色的篝火尽情舞蹈，好似在进行一场原始的祭祀，就差宰杀牛羊、宰杀别的部族的俘虏来大肆咀嚼了。恐怖的火舌猛烈地翻涌，打着卷儿，傲立在通红的、噼啪作响的木炭之上，橙色的火光炙烤着大地，炙烤着迷乱失控的人群，同样炙烤着笼中遍体鳞伤的秦怿，也炙烤着骑伏于树杈上因害怕而瑟瑟发抖的我。伶仃的炭屑在飘飞，随升腾的热气离开地狱之火，一颗接着一颗，冲向冰冷、飘满暗云的沉寂夜空。

　　斜眼儿和其他几个人这时从巷子深处大踏步地跑来，他一手拖着一幅油画，画中正是前些日子秦怿描绘的裸体女人。他从暗中跳进橙色的光里，将那幅最大的画抱住，高高举起来，映着火的光亮给父老乡亲们看："你们瞧呐，这就是秦怿每天在家画的下三滥的玩意！画得淫秽不堪的东西，这就是他所谓的艺术？简直下流、猥琐！猥琐至极！"他猛地把这画摔在地上，又拎起另一幅，一幅袒露着双乳的女性半身肖像，"啊？找人当模特？无耻的模特！什么模特跑到你家里露着奶子给你画？"

"父老乡亲们，这东西留着有什么意义，纯属污人眼球的玩意儿，你们说该不该烧？"斜眼儿高声问道。

"烧！"

"烧！"

"赶紧烧！"

"必须烧！"

他们就像一群搬食的蚂蚁，接二连三地把秦恽画室的画一幅接一幅运出来，一幅接一幅地投入火海之中，那火势像山林着了起来，猛地窜高十几米，遮天蔽月。画中的女人们无处可逃，凄惨地发出嘶嘶的呜咽声、悲鸣声、求救声，在残酷凶暴的火刑下，生生被烧掉了左臂，融化了右臂，灼焦了头发，烤烂了皮肤，只剩下森森白骨，但白骨也转瞬化为灰烬。只有流淌的颜料不死，浇在黑黑的木炭上，绽放出青色、蓝色、紫色、绿色的鲜艳光芒，将原本只是橙色的火焰染成了人们从来没有见过的五颜六色的模样。

秦恽跪在钢筋螺旋形的横肋上，道道纹路如尖刀剚进肉里，每分每秒都好像凌迟般难挨，疼得他两腿煞白，止不住地打颤。因为疼痛，密集的汗珠不断从头顶渗出，等流到胸前时，却变成了大滩鲜红的血水。他一手艰难地撑地，一手握着铁杆，他向下望着火堆，似乎想伸手去救她们，却已没了力气呼喊，只能眼睁睁看着她们烧掉。她们烧得如此之快，就跟一块冰掉进岩浆。

他们高喊着："让你画！看你以后还画不画！"他们一边尽情地烧着，一边骂他是"拉皮条的畜生""毫无价值的废物""活该永生永世被关在猪笼里遭人唾弃"。

"你还想给城里人拉皮条，反了天了你。"

混乱中，一个小个子的男人又抱来一幅画像，滔天的大火照在画布上，映出女人的面容，她鹅蛋脸，长眉弯弯，穿着蔷薇色与薄绿色相间的翻领连衣裙，手戴玉镯。她倚靠着书桌，优雅地坐在蓝色的窗前，露着额头，眼神飘往画外，似乎在沉思缅想些什么。

秦怿望见男人手中的这幅画，便没命地摇动铁笼，全然不管早已硌出血的膝盖还嵌在钢筋上，那新血似泉涌，似大江大河，瀑布一般从桌子四角飞流而下，将黑漆漆的石柱染成一座鲜红的血的石碑。他声音喑哑，无助又无力地哭喊着，一只手伸出笼子，拼命地往地面伸，仿佛要抓住什么。那是他母亲的画像，他最为珍视的东西，他望着火光，那吞噬一切的火光，仿佛想起母亲离世的那个下午，那天的黄昏不也正像此时这金橙的大火吗？不也如此映照在母亲的脸上吗？他发出绝望的苦苦哀求之声："求求你们，不要烧，不要……不要再烧了，求求你们，求……"然而他的声音如此微弱，鲜血涌上他的喉咙，他哇的一下，吐了出来，吐在早已血肉模糊的膝盖上，高台下的火焰，随着这口鲜血的喷涌，猛然一窜，轻而易举地将秦怿的声音熔化了。

　　斜眼儿大手一挥："烧！"

　　男人想也没想就如同丢垃圾一样，把画丢进了火里，转身又朝秦怿家跑去了。只一瞬间，白色的画框被大火吞噬了，画布的中间立即烧出洞来，接着金色的火焰蔓延到连衣裙，又烧碎了碧绿色的玉镯，在蓝色的窗户也快要燃起火的时候，一幅别的画被丢进来，盖住了女人即将被烧毁的脸。"不要，不要烧……"秦恽像是一下子被抽空了一样，无意识地低吟着，一声又一声地低吟着"妈妈，妈妈……"他再也没了力气挣扎，脑袋颓然无力地耷拉下去了，他任由自己跪在钢筋上，好像一个没了痛觉的人。

他们烧完了所有女人的画像，却还不够过瘾，接着又烧起那些风景画来，烧完风景画，烧静物画，烧完静物画，烧水彩，烧速写，连草稿也一并烧了去。炙热的火焰不停勾引着他们的欲望，叫他们发疯了一样地不断破坏、破坏！我被这一幕幕吓得动弹不得，我不知道，这些我平日里常见的人们，他们为何成了如此可怕的模样。

搬画的男人们已经累得大汗淋漓，前几排的男女也没有闲着，他们抄起最后几筐剩下的鸡蛋，暴风骤雨般向秦恽丢去。鸡蛋打在他身上、脸上，如手榴弹一样炸开，但秦恽却因此变得透明了，他裹在无比宁静的蛋清和蛋黄里，在火焰的照耀下，油亮油亮的，就像他画画时给布面最后上的保护光油那样，他像个孩子蜷在铁笼当中，如同躺在母亲的子宫里。

大火持续不断地烧了一个小时，秦恽十年间的作品，就这样全部付之一炬了。

夜又深了几分，该烧的也已烧尽，火苗渐渐小了，留下一个坟包大小的炭堆。斜眼儿拍拍身上的灰尘，朝铁笼中的秦侼骂道："这次是我们大家给你长长记性，你以后老实做人，休要再做不知廉耻之事，若是还有下次，就不是烧了你的画这么简单了。"

他们撤掉方桌，解开笼子的铁锁，就不再管秦侼。乌泱泱一群人，欢笑着，像退潮一样，从巷口流走，又往昌乐寺的方向去了。天空的阴云忽然散去，露出皎洁的月光，我再也支撑不住，从树上摔下来，心急万分地跑到秦侼身边，小心地把他从笼子里拽出来，解开他腿上的麻绳。那麻绳被浸成了红色，他躺在地上，浑身是血，早已昏了过去。

"秦侼，秦侼！"我轻轻摇晃着他的胳膊，只感觉他身体冰冷，我以为他就要死了，心里想着，眼泪就哗哗地流出来。

"秦侼，你别吓我，秦侼。"我不敢去看他，他要遭到多少拳打脚踢才会变成这般模样，他的眼睛肿成了一条缝，脖子和肩膀上也尽是抓痕。我想把他从地上拉起来，背着他回家，可是十四五岁的我根本做不到，我往四周瞅瞅，四周只有死的寂静和冒着白烟的火堆，我像是身处荒无人烟的沙漠，举目茫然，急得只剩下哭，没出息地坐在秦怿身边哭，不知如何是好。

忽然，我隐隐听见一声咆哮，从远远的天边传来，就像集合的号角，接着又一声，又一声，接二连三地响起来，是狗狗们的声音，那些我蹲在太阳底下，曾经救过的狗狗们，它们吠叫着，漫山遍野地从四面八方涌来，大狗带着小狗，黑色的、白色的、棕色的、斑点的、高的、胖的、长的、短的，纷纷赶来，围在我身边，用头抵着我的腿，似乎叫我不要担心。那十几只健壮的大狗在我面前飞快组织着，立即拼出一个方阵来，我看明白了它们的意图，便用力拉起秦怿，让他倒在狗狗们的背上。它们就像魔毯一样，带着秦怿跑了起来，我跟在后面跑，很快便跑到秦怿家的卧室。我拼尽全力，终于将他放倒在床上。

直到这时，我才想起来要去找医生，我叫两只狗狗在这儿守着，转身又往诊所跑去，我忘记跑了多久，只感觉耳边的风呼呼作响，感觉肺里像是装满了火药，我跑到上气不接下气，总算看见了诊所的那块蓝色小牌子。

我使劲儿敲着医生家的门，"来了来了，别敲了。"医生抱着碗从水井边的窄屋子里走来，晚风吹得他家的杏树叶哗哗作响。见我胳膊上全是血痕，医生还以为是我出了事。

我像是见到了救星，眼泪更加控制不住，我哽咽着，说不清话，只是求他救人，他问我："怎么了？谁出事了？"

我说："是秦怿，秦怿快不行了，医生，你救救他。"

他一听见秦怿的名字，显然犹豫了。可我顾不上那么多，我只觉得再晚一会儿，就只能看见秦怿的尸体了，我心里全是害怕和难过，便扑通一声给他跪了下来，一边给他磕头，一边继续求他："医生，求求你，救救秦怿。"

医生拉我起来："你这孩子，男儿膝下有黄金，知不知道？"他赶忙跑回屋里取来药箱，跨上自行车，带着我就往秦怿家骑去。

等我们回到秦怿家，医生立刻开始给秦怿检查身体。我找来毛巾，用热水洗过后，轻轻将他身上没有伤口的地方擦干净，他嘴边的、脖子上的、胸前的血再次把毛巾染红了。

医生说："生命危险倒是没有，全是皮外伤，可能是受了太大的刺激，才昏过去，再等等吧。"他耐心地给秦怿的伤口消毒、包扎，并向我打听到底出了什么事，秦怿怎么会被人打成这样。他听我讲着刚刚发生的暴乱，面色逐渐凝重，他又看了看躺在床上遍体乌青的秦怿，终于忍不住骂道："一群暴民。"

又过了会儿，秦怿终于醒了，他眼睛仅能微微睁开，他不知道自己在哪儿，感觉有人触摸他，他才扭头，透过眼前的一层泪膜看到了我站在他身边。

"是你呀。"他总算安下心来，昏睡中因惊惧而攥紧的拳头松开了。

他勉强抬起手臂，好像在招呼我，我伏在床边，哭得好大声，我真的以为他再也醒不过来了。秦怿摸着我的脖颈，他的手有了温度，不像刚刚那么冰凉，他长舒一口气，是在缓解肋骨间也或者是其他部位的疼痛，我以为他想要水喝，但他却是在关心我，他喃喃地说："我没事，小子，快回家吧，别叫你妈妈担心。"

我有好多好多的话想跟秦怿说，我还没开口，他又闭上了眼睛，睡了过去，我知道他现在最要紧的是好好休息，医生也拍拍我的后背说："回去吧，能醒就没什么大碍，在这儿耗着也是耗着，我会照看他的，你放心。"

我又在秦怿的床边坐了一会儿，见他呼吸时胸口起伏平稳，才放下心来，我再次感谢医生，并把秦怿拜托给他。我往门口走去，月光由窗子照进来，照在他那一排排已被推倒、形如废墟的书架上。

我站在月光下的木台上，看着院子一片狼藉，心中悲戚，石榴树折断了，地柏歪倒了，窗边梯形花架上的陶盆也大多被摔碎，只有孤单单几个完好。月光如水，却满目凄然，秦怿为纪念母亲而栽种的月季，也从整面墙上撕扯下来，与篱笆内的矾根、绣线菊等，一并被踩踏成烂泥了。

我离开院子，朝昌乐寺方向走去。我不知道，这一走，就是我和秦怿最后的道别。

我回到家时，母亲又在门口满脸愤怒地等着我，她发现了我从天窗逃跑，便扯着我的耳朵大声吼我，问我干吗去了，这次我没跟她说是去河边闲逛，而是直直地盯着她的眼睛说："我去找秦怿了。"

她便愣住，扯着我耳朵的手指没了力气，她垂下手臂，没有打我，也没有骂我，我和她四目相对，彼此都沉默了。

我最终没有问出那句话——"刚刚往秦怿身上扔鸡蛋的那群人里，有你，对吧？"尽管我在树上躲着时，看得清楚。

之后的日子，我一直被关在家里，被我母亲严加看管，哪儿都不许去，她叫我在家好好反思自己，但我不知道有什么可反思的。几个月后，连秋天都快过完了，我才有机会去河道转转，那会儿秋意正浓，金色、红色、黄绿色的树夹岸生长，金的灿烂、红的猛烈、黄绿色的呢？不知该怎么形容，或许可以问问秦怿对黄绿色是什么感觉。我走到东边的树林，搬来两块砖头，垒成方凳，坐在第一次看秦怿画画的地方。天气有些冷，我就把手插进衣服的袖子里，我在那儿孤独地坐着，看秋色映在水波里，看水波之上的寒烟，看寒烟中穿行而过的渔船，我一连坐许多个时辰，始终遥想着秦怿在何处，又在做些什么。

后来，我去城里读书，偶然见过老陈几次，老陈说："有一天早上，我这儿来了个卡车司机，他说有人送了一车书给我，我一看，全是秦的宝贝。"他埋怨道，"秦这个怪人，连走都不打声招呼。"

他问我："秦咋还这么突然就走了？"

我不想叫老陈担心，只是跟他说："我也不太清楚。"

老陈站在书店门口，望着大厦顶上的天空，他点点头，十分肯定地说："大概是要开始新的人生了吧，你看，我早就说过，这小破地方，留不住他。"

再后来，城区改造，老陈的二手书店被拆掉了，并在原址上盖了一个新的大型商场出来。老陈带着他的书最终去了哪里，我也不得而知了。

夜又深了，外面忽地刮起风来，我从沙发起身，在书房昏黄的灯光下，将手中的画册塞进书架当中。我走到窗边，拉紧窗户，抬头看看夜色，那月儿圆圆，一如雷尼·马格里特在《与快乐相会》中所描绘的夜晚。